João Bethencourt

O Locatário da Comédia

João Bethencourt

O Locatário da Comédia

Rodrigo Murat

imprensaoficial

São Paulo, 2007

Governador José Serra

imprensaoficial

Imprensa Oficial do Estado de São Paulo

Diretor-presidente Hubert Alquéres

Diretor Vice-presidente Paulo Moreira Leite
Diretor Industrial Teiji Tomioka
Diretor Financeiro Clodoaldo Pelissioni
Diretora de Gestão Corporativa Lucia Maria Dal Medico
Chefe de Gabinete Vera Lúcia Wey

Coleção Aplauso Série Teatro Brasil

Coordenador Geral Rubens Ewald Filho
Coordenador Operacional
e Pesquisa Iconográfica Marcelo Pestana
Projeto Gráfico Carlos Cirne
Editoração Aline Navarro
Selma Brisolla
Assistente Operacional Felipe Goulart
Tratamento de Imagens José Carlos da Silva
Carlos Leandro Alves Branco
Revisão Amâncio do Vale
Dante Corradini
Sarvio Holanda

Apresentação

"O que lembro, tenho."
Guimarães Rosa

A *Coleção Aplauso*, concebida pela Imprensa Oficial, tem como atributo principal reabilitar e resgatar a memória da cultura nacional, biografando atores, atrizes e diretores que compõem a cena brasileira nas áreas do cinema, do teatro e da televisão.

Essa importante historiografia cênica e audiovisual brasileiras vem sendo reconstituída de maneira singular. O coordenador de nossa coleção, o crítico Rubens Ewald Filho, selecionou, criteriosamente, um conjunto de jornalistas especializados para realizar esse trabalho de aproximação junto a nossos biografados. Em entrevistas e encontros sucessivos foi-se estreitando o contato com todos. Preciosos arquivos de documentos e imagens foram abertos e, na maioria dos casos, deu-se a conhecer o universo que compõe seus cotidianos.

A decisão em trazer o relato de cada um para a primeira pessoa permitiu manter o aspecto de tradição oral dos fatos, fazendo com que a memória e toda a sua conotação idiossincrásica aflorasse de maneira coloquial, como se o biografado estivesse falando diretamente ao leitor.

Gostaria de ressaltar, no entanto, um fator importante na *Coleção*, pois os resultados obtidos ultrapassam simples registros biográficos, revelando ao leitor facetas que caracterizam também o artista e seu ofício. Tantas vezes o biógrafo e o biografado foram tomados desse envolvimento, cúmplices dessa simbiose, que essas condições dotaram os livros de novos instrumentos. Assim, ambos se colocaram em sendas onde a reflexão se estendeu sobre a formação intelectual e ideológica do artista e, supostamente, continuada naquilo que caracterizava o meio, o ambiente e a história brasileira naquele contexto e momento. Muitos discutiram o importante papel que tiveram os livros e a leitura em sua vida. Deixaram transparecer a firmeza do pensamento crítico, denunciaram preconceitos seculares que atrasaram e continuam atrasando o nosso país, mostraram o que representou a formação de cada biografado e sua atuação em ofícios de linguagens diferenciadas como o teatro, o cinema e a televisão – e o que cada um desses veículos lhes exigiu ou lhes deu. Foram analisadas as distintas linguagens desses ofícios.

Cada obra extrapola, portanto, os simples relatos biográficos, explorando o universo íntimo e psicológico do artista, revelando sua autodeterminação e quase nunca a casualidade em ter se tornado artista, seus princípios, a formação de sua personalidade, a *persona* e a complexidade de seus personagens.

São livros que irão atrair o grande público, mas que – certamente – interessarão igualmente aos nossos estudantes, pois na *Coleção Aplauso* foi discutido o intrincado processo de criação que envolve as linguagens do teatro e do cinema. Foram desenvolvidos temas como a construção dos personagens interpretados, bem como a análise, a história, a importância e a atualidade de alguns dos personagens vividos pelos biografados. Foram examinados o relacionamento dos artistas com seus pares e diretores, os processos e as possibilidades de correção de erros no exercício do teatro e do cinema, a diferenciação fundamental desses dois veículos e a expressão de suas linguagens.

A amplitude desses recursos de recuperação da memória por meio dos títulos da *Coleção Aplauso,* aliada à possibilidade de discussão de instrumentos profissionais, fez com que a Imprensa Oficial passasse a distribuir em todas as bibliotecas importantes do país, bem como em bibliotecas especializadas, esses livros, de gratificante aceitação.

Gostaria de ressaltar seu adequado projeto gráfico, em formato de bolso, documentado com iconografia farta e registro cronológico completo para cada biografado, em cada setor de sua atuação.

A *Coleção Aplauso,* que tende a ultrapassar os cem títulos, se afirma progressivamente, e espera contemplar o público de língua portuguesa com o espectro mais completo possível dos artistas, atores e diretores, que escreveram a rica e diversificada história do cinema, do teatro e da televisão em nosso país, mesmo sujeitos a percalços de naturezas várias, mas com seus protagonistas sempre reagindo com criatividade, mesmo nos anos mais obscuros pelos quais passamos.

Além dos perfis biográficos, que são a marca da *Coleção Aplauso,* ela inclui ainda outras séries: *Projetos Especiais,* com formatos e características distintos, em que já foram publicadas excepcionais pesquisas iconográficas, que se originaram de teses universitárias ou de arquivos documentais pré-existentes que sugeriram sua edição em outro formato.

Temos a série constituída de roteiros cinematográficos, denominada *Cinema Brasil,* que publicou o roteiro histórico de *O Caçador de Diamantes,* de Vittorio Capellaro, de 1933, considerado o primeiro roteiro completo escrito no Brasil com a intenção de ser efetivamente filmado. Paralelamente, roteiros mais recentes, como o clássico *O Caso dos Irmãos Naves,* de Luis Sérgio Person, *Dois Córregos,* de Carlos Reichenbach, *Narradores de Javé,* de Eliane Caffé, e *Como Fazer um Filme de Amor,* de José Roberto Torero, que deverão se tornar bibliografia básica obrigatória para as escolas de cinema, ao mesmo tempo em que documentam essa importante produção da cinematografia nacional.

Gostaria de destacar a obra *Gloria in Excelsior,* da série *TV Brasil,* sobre a ascensão, o apogeu e a queda da TV Excelsior, que inovou os procedimentos e formas de se fazer televisão no Brasil. Muitos leitores se surpreenderão ao descobrirem que vários diretores, autores e atores, que na década de 70 promoveram o crescimento da TV Globo, foram forjados nos estúdios da TV Excelsior, que sucumbiu juntamente com o Grupo Simonsen, perseguido pelo regime militar.

Se algum fator de sucesso da *Coleção Aplauso* merece ser mais destacado do que outros, é o interesse do leitor brasileiro em conhecer o percurso cultural de seu país.

De nossa parte coube reunir um bom time de jornalistas, organizar com eficácia a pesquisa documental e iconográfica, contar com a boa vontade, o entusiasmo e a generosidade de nossos artistas, diretores e roteiristas. Depois, apenas, com igual entusiasmo, colocar à disposição todas essas informações, atraentes e acessíveis, em um projeto bem cuidado. Também a nós sensibilizaram as questões sobre nossa cultura que a *Coleção Aplauso* suscita e apresenta – os sortilégios que envolvem palco, cena, coxias, *set* de filmagens, cenários, câmeras – e, com referência a esses seres especiais que ali transitam e se transmutam, é deles que todo esse material de vida e reflexão poderá ser extraído e disseminado como interesse que magnetizará o leitor.

A Imprensa Oficial se sente orgulhosa de ter criado a *Coleção Aplauso*, pois tem consciência de que nossa história cultural não pode ser negligenciada, e é a partir dela que se forja e se constrói a identidade brasileira.

Hubert Alquéres
Diretor-presidente da
Imprensa Oficial do Estado de São Paulo

Uma apresentação

Uma vez um ator lhe disse que não entendia o significado da peça. João não parou o ensaio, respondendo prontamente: *Não é para entender, é para decorar*.

De outra vez, outro ator chamou-o em um canto e queixou-se: *Você fala com todo elenco e para mim você não diz nada. Meu querido, se eu não digo nada é porque das duas, uma. Ou você está tão bem que eu não preciso dizer nada ou tão ruim que não adianta*.

João Bethencourt (JB) foi das pessoas mais brilhantes e talentosas com quem minha geração cruzou. Foi meu primeiro professor de dramaturgia, o que é inesquecível, mas não apenas isso.Também foi o primeiro que gostou do meu trabalho como escritor. Sem falar no estímulo que deu a todos nós com seu objetivo amor pelo teatro.

Recebi dele muitas lições de vida, particularmente no que diz respeito às delícias da disciplina e do rigor consigo mesmo. Íntegro e corajoso, JB é dotado de um certo ar de doce superioridade que nunca lhe caiu mal e foi para mim uma figura quase paterna. Convivemos continuamente nos últimos 50 anos.

JB fala num tom muito especial, difícil de descrever, que apaziguava a inquietude dos meus 20 anos. É um tom de objetividade, clareza, certeza que faz você sentir que o mundo é simples e que se você não o entende, o problema é seu.

Frank Sinatra, Bonifácio Bilhões, O Dia que Raptaram o Papa são obras-primas da dramaturgia, peças quase matemáticas.

Dizem que se nasce escritor. É mentira. João pode ensinar.

Cultíssimo, articuladíssimo, ele prefere gostar de Mozart e Molière e bem poderia ser contemporâneo deles, ficar-lhe-ia muito bem. Quem quiser saber das profundidades de Mozart e Molière é só conviver com Bethencourt, ele traz esses dois debaixo da sola dos pés.

Bebi muito uísque do João, fui amigo dele, da mulher dele, da filha dele, é tudo gente ótima. Um dos meus orgulhos de juventude foi ter organizado uma festa surpresa na casa dele, comemorando seus 40 anos. Foi animadíssima. Orgulho-me também de saber tocar no piano a valsa romântica que ele compôs para sua formidável primeira peça – acho que só eu e ele lembramos dessa valsa: *As Provas de Amor*, cuja leitura considero indispensável a qualquer grupo jovem.

Ah, eu ia esquecendo do principal: João com seus olhos pequenos e sorriso compreensivo foi muito engraçado. Acreditava no humor, no teatro e na vida. Na verdade, somente acreditava no humor.

E no dia que eu for para o céu e disser a Deus que jamais pude entender o verdadeiro sentido da vida, ele me dirá, fumando um cachimbo e assumindo por um instante a aparência de JB: *meu caro, não é para entender, é para decorar*.

Domingos Oliveira

Outra Apresentação

As primeiras referências que ouvi sobre o João foram do Décio Almeida Prado, ainda quando eu cursava a Escola de Arte Dramática - EAD, em São Paulo: *Existe um comediógrafo no Rio de Janeiro que nós todos precisamos acompanhar com muita atenção.*

A partir daí, como eu sempre gostei de ler, comecei a procurar saber do tal escritor carioca com nome estrangeirado. Em 1950, a EAD realizou uma excursão a Recife. Íamos apresentar o repertório da Escola no Teatro Santa Isabel, a convite do grande incentivador do teatro nordestino, Waldemar de Oliveira. Como eu já havia encenado, na primeira experiência de Teatro de Arena, a peça em um ato do Tennessee Williams, *Demorado Adeus*, o diretor da EAD sugeriu que eu arranjasse outra peça para completar o espetáculo. E justamente, chegou às minhas mãos uma comédia em um ato do tal autor carioca: *A Sina do Barão*. Com os alunos da EAD, portanto, o primeiro espetáculo em arena apresentou 2 peças em um ato, de Tennessee Williams e João Bethencourt. E, a maior contradição: essa apresentação em arena aconteceu no tradicional palco do Teatro Santa Isabel. O público lotou as cadeiras em volta da areninha, no centro daquele palcão, e as poltronas todas do sisudo teatrão. Foi uma festa!

Depois que me formei conheci João Bethencourt pessoalmente; acho que rolou entre nós, desde o começo, uma química favorável. Desconfio que o segredo é que nós dois cultivávamos a mesma paixão pelo teatro. E o senso de humor, fundamental para a convivência com essa paixão.

Nos tornamos amigos, mais tarde fomos até sócios em várias produções, rolou uma amizade sadia e acabei sendo o diretor brasileiro que – provavelmente – montou o maior número de peças dele. Curtimos sucessos enormes como *Tem um Psicanalista na nossa Cama, O Dia que Raptaram o Papa, Quando não Houver Inimigo, Urge Criar Um, Sigilo Bancário, O Santo e o Banqueiro*, além de várias traduções que ele preparou especialmente para as nossas produções.

Uma coisa João me ensinou: disciplina. Nunca vi ninguém com mais disciplina pra trabalhar; ele se levantava sempre cedíssimo, escrevia religiosamente várias horas, com método e paciência. Nem parecia brasileiro! Era perfeccionista! Perseguia seu escopo com firmeza e objetividade. Não hesitava em reescrever seus textos várias vezes na busca incansável da melhor expressão das falas e das personagens!

Agora, ao escrever estas notas, percebo que exilado aqui em São Paulo, me mantive longe do contato com o João, que permaneceu fiel ao Rio de Janeiro. Nossos encontros foram raros. Tenho muitas saudades das suas risadas e da vivacidade do seu pensamento.

José Renato

Introdução

Um homem não sabe quantos pais tem.

Esta evocação poética coroa o artigo que Domingos Oliveira escreveu para o jornal *O Globo* na virada do ano, quando, ao assomo dos fogos de artifício que caracterizam os réveillons, outro veio se sobrepor – fogo triste e nada fulgurante: a morte de João Bethencourt.

João faleceu nas penúltimas horas do dia 31 de dezembro de 2006, após três dias de complicações hospitalares. Estava lúcido. Lúcido e combativo. Não por acaso, no dia 27, pouco antes de começar a sentir-se mal durante a madrugada, participou de uma reunião na Sbat – Sociedade Brasileira de Autores Teatrais – onde defendeu com a garra costumeira seus pontos de vista nos rumos da sociedade que ajudou a manter de pé em tempos de crise e que neste 2007 completa 90 anos.

João era assim: tinha oitenta e poucos na identidade mas na cabeça não mais que 20. Soprava-lhe o vento fresco dos iniciantes. Quando sabia de algum concurso de dramaturgia e ligava para ele – *E aí, João, vamos participar?* – a resposta era afirmativa e quase sempre acoplada a outra pergunta: *Você não conhece nenhuma editora de livros?* (João estava às voltas com os originais de *Tele-Choque*, romance infanto-juvenil que me deu para ler). Ou seja, João viveu como os sábios: ciente de que é do zero que se ergue o dia.

Tenho a pretensão de acreditar que eu tenha sido o último amigo que João fez nestes dois últimos anos em que a vida nos aproximou por causa da biografia. (As entrevistas foram realizadas entre os meses de março e maio de 2005, com encontros posteriores para correções e adendos feitos com sua caligrafia de médico.) Conhecidos nós fazemos o tempo todo mas amigo-amigo, daqueles para quem se liga ou se envia *e-mail* após determinado período de distanciamento – cordas que se esticam ameaçando romper-se – esses são raros e pontuais.

Num dos *e-mails* ele me escreveu: *Prezado Rodrigo, você sumiu porque a fortuna anda te farejando? Traga um pouco dela aos amigos. (...) Escreva. Aliás foi o que disseram ao Molnár (Férenc Molnár, autor húngaro de* Os Meninos da Rua Paulo*) na estação de trem enquanto se despedia da família: ´Escreva´! E assim tornou-se um escritor. Abraços. João.*

Abraços também, João. Foi um prazer radiografar-lhe a trajetória neste volume da Coleção

Aplauso que, espero, sirva também como fontes de diversão e cultura a seus leitores. Afinal, a história não acaba quando termina. Ela começa.

Portanto, comecemos.

II

Um dos primeiros espetáculos teatrais adultos a que assisti nos meus verdes 13 anos – *Festival de Ladrões* – foi no antigo Teatro Mesbla, que ficava na Cinelândia, na hoje praticamente extinta vesperal de domingo das 6 horas da tarde, com os saudosos Milton Moraes, Alberto Perez e André Villon em cena. Assinando texto e direção um nome que meus ouvidos começariam aos poucos a associar a padrão de sucesso.

Não me recordo muito do enredo mas deve terme sido satisfatório pois, meses depois, lá estaria eu forrando um dos assentos do igualmente lendário Teatro Copacabana nas fanfarronices de *O Senhor é Quem?*, onde um abilolado Jorge Dória contracenava a maior parte do tempo com um telefone na tentativa desesperada de descobrir afinal quem ele era. A identidade do autor e diretor todo mundo sabia e eu, mais uma vez, tinha a oportunidade de comprovar-lhe a habilidade de reger uma platéia com *staccatos* de riso.

Quinze anos depois, no ano de 1995, freqüentei, como ouvinte, a cadeira de Dramaturgia que João Bethencourt - ei-lo, o autor e diretor das supracitadas peças - comandava na Faculdade de Artes Cênicas da Uni-Rio. Iniciava-se ali uma amizade em fogo brando, alimentada por encontros espaçados mas suficientes para manter a chama do interesse recíproco.

Posso dizer que João é meu padrinho artístico pois foi com um de seus pontapés certeiros que um texto meu saiu da gaveta e foi cair no centro do gramado, com quatro temporadas bem-sucedidas em São Paulo e no Rio de Janeiro, além da turnê por várias capitais e cidades do interior do país, entre 2001 e 2005.

A inspiração de escrevê-lo surgiu quando o mestre contou em sala de aula o enredo de um drama que vinha fazendo muito sucesso na Broadway - *Three Tall Women*, do Edward Albee - e cujos direitos Beatriz Segall, mais que depressa compraria, co-protagonizando com Natália Timberg e Marisa Orth o espetáculo *Três Mulheres Altas*, sob a batuta de José Possi Neto. Adorei a inventidade da trama (três personagens que dialogam entre si mas que, no segundo ato, descobrimos tratar-se da mesma mulher em três momentos etários diferentes) e achei que o título dava paródia. O título, não a trama.

Nascia assim, a partir da brincadeira com o nome, *Três Homens Baixos*. Depois foi só criar os três personagens e reescrever *ad nauseum* – entre a exaustão e a euforia – cenas e diálogos ao longo dos seis anos que o texto levou para levitar do papel e ser verticalizado no palco por intermédio dos atores.

Quatro leituras dramáticas foram realizadas, duas sob os auspícios de João. A primeira, em sala de aula, feita por mim, timidamente. Mesmo assim, João riu; Margot, sua esposa, gargalhou; alunos se divertiram. João sugeriu mudanças, especialmente na parte final – de fato precária – e eu as fiz.

Uma segunda leitura, em escala mais profissional, foi realizada pelos atores Antônio Calloni, Mario Borges e Flávio Antônio, em Seminário de Dramaturgia realizado no Teatro Villa-Lobos por João e Edwaldo Cafezeiro.

Mais duas seguiriam-se: uma na Casa da Gávea, no Rio de Janeiro, sob direção de José Renato, e outra como cereja da festa de lançamento do 4º volume da *Coleção Teatro Brasileiro*, organizado por Soraya Hamdan, no qual o texto está publicado, com Tarcísio Filho, Petrônio Gontijo e Marco Antônio Pâmio dirigidos pela talentosa Bete Coelho, no Teatro Augusta, em São Paulo.

Finalmente encenada por Fernando Guerreiro, *Três Homens Baixos* utilizou diversos atores em suas muitas temporadas, alguns dos quais ex-colaboradores de João, como é o caso de Gracindo Jr. (em *O Jogo do Crime*), Jonas Bloch (em *Camas Redondas, Casais Quadrados*) e Rogério Cardoso (em *Lá em Casa é tudo Doido; Mulher, Melhor Investimento; Brejnev Janta o seu Alfaite*).

Dentro do contexto da comédia de costumes de teor, digamos assim, pérfuro-picante, *Três Homens Baixos* é prima caçula de *A Venerável Madame Goneau*, que João escreveu, e sobrinha-neta de *A Gaiola das Loucas*, que ele não escreveu, mas traduziu e adaptou.

Quando soube que ele fora assistir à minha peça e que dera boas risadas, percebi que o círculo ali se fechava. Aquele que me fizera sorrir nas memoráveis vesperais cariocas dos anos 70, agora se divertia com as minhas piadas (algumas inspiradas, outras toscas). Nada mais natural que ele fosse um dos meus eleitos para o raio X da Coleção Aplauso.

III

Conversar com o dramaturgo, produtor, tradutor, diretor e divertidíssimo húngaro acariocado João Bethencourt era entrar em contato com uma usina de idéias prestes a explodir em meio a feromônios juvenis. Se ele escreveu dezenas de peças, ainda não tinha outras tantas concluídas, mas elas estavam todas lá, semiprontas, no arquivo da memória RAM. Era abrir e vasculhar.

Das mais famosas, muitos haverão de se lembrar de *Bonifácio Bilhões, O Dia em que o Alfredo Virou a Mão, Tem um Psicanalista na Nossa Cama, A Venerável Madame Goneau, O Senhor é Quem?, Frank Sinatra 4815, O Dia em Que Raptaram o Papa*.

Esta, em especial, é um fenômeno à parte, dessas sortes grandes que a dramaturgia de um país tira de tempos em tempos. Parida em 1972 num assomo de criatividade – a única que João garantia ter escrito de uma só tacada –, vem sendo sistematicamente encenada ao longo destes 33 anos em muitos países da Europa e da América Latina. Já esteve também em cartaz nos Estados Unidos e no Canadá, mas os países recordes em montagens são a Alemanha e a Áustria. Recentemente esteve em Viena e, para breve, prometem novas encenações. (Outro dia saiu nota em jornal anunciando a estréia no Vaticano. Efeito da visita de Bento XVI?)

Não só o *Papa* cruzou o Atlântico: *Bonifácio Bilhões, O Dia em que o Alfredo Virou a Mão, O Padre Assaltante* e *Como Matar um Playboy* foram assistidas na Bélgica, Áustria, Inglaterra e não param de ser encenadas. O *Padre* foi montado recentemente na Áustria e *Bonifácio* esteve em cartaz na Finlândia.

João – também ele, não apenas suas peças – viajou para o exterior a trabalho. Além de cursar dramaturgia na Universidade de Yale, nos Estados Unidos, esteve em Lisboa a convite do famoso ator luso Raul Solnado; em Londres, onde co-dirigiu Alec Guiness e em Amsterdam, quando teve a chance de comandar a encenação de seu *Bonifácio Bilhões* em holandês. Isso sem falar uma palavra da língua. Para se virar com os atores, ia de mímica a inglês e, para decifrar a versão feita pela mulher do produtor, pegava carona no alemão, línguas que dominava bem, além do francês, do espanhol e do português.

Tanto poliglotismo se explica porque João nasceu em Budapeste e, ainda garoto, se mudou com a família para o Rio de Janeiro, ali fincando sua bandeira transnacional. Desde cedo interessado em atividades literárias, nem por isso negligenciou o aspecto comercial da vida, que o levou, ainda jovem, a exercer variadas atividades. Se por um lado cuidava da fazenda do pai, vendia inseticida, loção para barba, colhia maçãs nos Estados Unidos, por outro freqüentava as altas rodas do Country Club e as famosas domingueiras literárias na casa de Aníbal Machado, pai de *Maria Clara* e avô de *Pluft, o Fantasminha*. João também foi amigo de Nélson Rodrigues, Décio de Almeida Prado, Oscar Ornstein, Antônio Cândido, Millôr Fernandes, Stélio Roxo, Pedro Balász, José Renato e Jorge Dória.

Com esses últimos formou a Santíssima Trindade dos três Jotas – José, Jorge, João –, responsáveis por sucessos que marcaram a história do teatro brasileiro. Com Zé (José Renato, um dos fundadores do Teatro de Arena), trabalhou por diversas vezes, e até se associaram em algumas produções; com Dória emplacou, pelo menos, duas grandes temporadas: *A Gaiola das Loucas* e *O Avarento*.

O casamento com Margot durou 46 anos e dele vieram os filhos Cláudio e Cristina e os netos Victor, Clara, Pedro Estevão e Sophia Helena.

João era uma cachoeira de riso. Da manga de seu paletó brotava uma piada atrás da outra. Ao contar-lhe, por exemplo, que um amigo achava que ele aparentava 70 e não 80 anos, a réplica veio na lata: *Que ótimo! Isto significa que quando eu tiver 110, vou estar com cara de 100!*

Além de germinar o grão do humor por onde passasse, João tinha o hábito de mascar uma cigarrilha *noir* apagada. Revelou que vez por outra a acendia e que suportava o *hobby* por admirar o gosto do tabaco. *É a minha chupeta.* Herança do tempo em que pitava cachimbo. (Reza a lenda que durante ensaio teatral teria dado uma cachimbada num ator relapso.)

Outro de seus *hobbies* era o chocolate. Não à toa um dos encontros – invariavelmente regados a *capuccino* – foi selado com chocolate amargo holandês, além da doce presença de Margot. Afinal, era véspera de Páscoa; a Holanda, para João, era logo ali; e o melhor humor é mesmo o amargo.

Entre os vícios do passado – tênis, natação, xadrez. Chegou a disputar com o vice-campeão carioca Erbo Stenzel. No meio da partida, em posição para lá de vantajosa, fez juntar gente ao redor. Todos queriam saber quem era o garoto que dava uma lambuja no craque. Pronto. Foi o suficiente para que nosso João começasse a meter os pés pelas mãos e se desferisse um xeque-mate.

Como tenista era ótimo dramaturgo. Consta que faltava-lhe coordenação motora e que, quando a bola vinha em sua direção, invariavelmente acendia-se-lhe uma lamparina shakespeariana: *To win/or not to win/that´s the question!*

Nos tempos de nadador do Botafogo chegou a conquistar uma medalha de bronze. Mesmo assim o treinador o repreendeu porque nosso atleta amador bracejava olhando para trás. A resposta, claro, veio divertida: *É que eu estava querendo ver quem chegaria em quarto.*

Convenhamos: quem trabalhou com os maiores atores e ainda teve e tem peças encenadas na Alemanha, Áustria, Itália, França, Espanha, Portugal, Grécia, Israel, Suécia, Noruega, Dinamarca, Finlândia, Iugoslávia, Estados Unidos, México, Argentina, Venezuela, Uruguai, Holanda, Bélgica, Suíça – além do Brasil, Paquetá e Júpiter – tinha mais era que se conformar. Se Deus não dá asa à cobra, que dirá a dramaturgo.

Rodrigo Murat

Capítulo I

O primeiro dado para se entender a biografia de qualquer artista: localizar no emaranhado de sua vida a busca de ser livre.

João Estevão Weiner Bethencourt

João, o garoto

Nasci em Budapeste, na Hungria, no dia 10 de dezembro de 1924. A Eslováquia, de onde vem a família do meu pai – Hugo – era uma parte da Hungria. Primordialmente, a Hungria era uma colônia romana. Tanto que você encontra ruínas romanas em Budapeste até hoje.

Na época, existia a Grande Hungria. Era o império austro-húngaro, que acabou em 1919, com o Tratado de Versalhes. Meu avô materno, chamado Armênio, foi diretor de uma grande fábrica. Meu pai, entre outros negócios, teve uma casa bancária. Na verdade, nós tínhamos uma situação financeira boa.

Mamãe – Emmi – era muito bonita; dava aulas de canto. Tudo que é música de ópera eu sei porque aprendi com ela. Eu a via tocando piano. A família, aliás, era bastante musical. Tive um tio compositor, Rodolfo, em Viena. Meu pai cantava. Eu mesmo tenho um ótimo ouvido. Aliás, para escrever diálogo é preciso ter bom ouvido. Chegue a aprender violino, mas não tocava bem. Preferia jogar xadrez com o professor.

A minha infância na Hungria era maravilhosa. São muitas as lembranças: da escola, de patinar no gelo, de andar de bicicleta, de jogar hóquei, de caçar com o meu tio, de pescar e passear de barco pelo Danúbio. Eu tinha um tio ótimo, Gyuri, irmão da minha mãe. Foi uma espécie de segundo pai.

Meu pai passou um tempo fora, na Argentina. Foi atrás de melhores oportunidades profissionais porque pressentiu que a Europa atravessaria uma grande crise – o que, de fato, acabou se concretizando. Ficamos afastados por cinco anos.

Eu devo ter muita coisa dele porque a gente se conflituava muito. Isso prejudicou meu desenvolvimento até, digamos, uns... três meses atrás.

Mais tarde, a família, unida, veio para o Rio de Janeiro. A viagem de navio, naquele tempo, durava uma eternidade. Duas semanas. Dava para ler *Guerra e Paz*. Eram outros tempos.

Quando eu cheguei, o Rio era a capital federal, não esta cidade acuada pelas favelas, que não tem nada que ver com o Rio de Janeiro que eu conheci.

O pai, Hugo

A mãe, Emmi

Eu me adaptei logo. Você sabe, o Brasil é um país bom. O brasileiro acolhe bem o estrangeiro. É quando um defeito se torna uma virtude. E o estrangeiro, extremamente grato, porque, em geral, é acossado de seu país, pega e fica. E ainda colabora para a prosperidade geral.

A contribuição dos italianos, dos japoneses, dos alemães é fantástica. Sem falar dos portugueses, com quem todo mundo faz brincadeira, mas que são absolutamente maravilhosos. Eu sou um fã de Portugal registrado em cartório. Morei lá sete meses e dizia que eles eram assim civilizados porque estavam muito perto da Europa.

Chegando aqui meu pai teve um breve tempo de desajustamento até que o Banco Holandês Unido precisou de alguém que entendesse de banco. Como ele tinha tido a casa bancária, que vem a ser um pequeno banco, entendia do riscado.

Aí, meu pai ficou nisso até fundar a empresa dele.

Inicialmente, moramos na Tijuca. Depois, fomos para Santa Teresa. Durante dois anos, estudei numa escola alemã, Rio Deutsche Schule, na Praça Cruz Vermelha. Quando estava quase me animando para entrar para a Juventude Hitlerista, meu pai achou mais sensato me tirar da escola e matricular no São Bento.

Em 1942 ele comprou uma fazenda em Barão de Vassouras. Naquele tempo, era uma fazendola. Hoje, em comparação com as outras, que foram loteadas, é uma das maiores da região. Uma vez por mês, eu vou até lá, mas quem toma conta é um administrador.

Então, como eu não sabia bem o que fazer da vida, e, tinha a fazenda, fui estudar Engenharia Agrônoma, na Universidade Rural.

Meu irmão, Pedro, foi estudar Química Industrial. Era talentoso pra burro. Não era só o primeiro cara da classe, era o primeiro da escola; o primeiro do vestibular. Tinha uma cabeça matemática brilhante. Ficou bastante rico e também administrou a fazenda por muito tempo.

Quando me formei, candidatei-me a orador da turma. Tinha, obviamente, secretas ambições de ator. Havia mais dois ou três concorrentes e todos fizeram discursos extremamente sérios e ponderados a respeito da carreira agrônoma. Também fiz um discurso da maior seriedade mas, no que abri a boca, todos começaram a rir e não pararam enquanto eu não me calasse. Na hora, fiquei morto de raiva mas, depois, concluí que já no meu tempo de agrônomo eu era mais cômico que qualquer outra coisa.

Outra boa lembrança que tenho dos tempos da formatura é que eu era líder estudantil e fui, como representante da minha turma, a um encontro com Getúlio Vargas – à época, senador –, pleitear uma viagem gratuita para mim e os colegas. Queríamos ir para os Estados Unidos, mas o Getúlio conseguiu para nós a Argentina. Ficamos alguns dias conhecendo o país vizinho custeados pelo governo.

De volta dessa viagem, formado, sem emprego, meu pai me arranjou um bico de vendedor de inseticida e de loção para barba. Passei a levar uma vida dupla. De dia, como vendedor, no subúrbio; à noite, indo a festas no *Country,* dando uma de *socialite.*

Não era bom vendedor, mas era simpático e os caras iam com a minha cara, me recebiam bem. É muito saudável você se abrir para o mundo. Psicologicamente, é um tratamento infalível.

Meu salário era humilde, mas como era solteiro e tinha casa, comida e roupa lavada, aquele dinheiro dava até para algumas extravagâncias.

Nas horas vagas, escrevia e lia. Sempre gostei de ler. Quando era pequeno, havia uma revista húngara chamada *Vida Teatral*, que todo mês publicava uma peça de teatro. Eu devorava. Lia também romances, contos. Até hoje, as minhas influências literárias mais fortes são: George Bernard Shaw, Jerome K. Jerome, Alexandre Dumas, Robert Louis Stevenson, Shakespeare, Molière, Ladislau Vadnai, Mark Twain, Oscar Wilde, Voltaire.

Com 24 anos escrevi minha primeira peça: *O Rei da Floresta*, para marionetes. Fiz para a Maria Clara Machado sem saber que ela não trabalhava com bonecos. Mostrei para o Silveira Sampaio, que leu mas não se entusiasmou. *Para quê que você escreveu isso?* Nunca mostrei para a Clara. Está na gaveta há 56 anos.

Fiquei uns dois anos trabalhando com vendas até que, um belo dia, disse para meu pai: *Vou ser escritor*. Ele reagiu, apavorado: *Bom, casa e comida você tem. Dinheiro, você se vira*.

Anos depois, já consagrado, eu voltaria a Budapeste. Eles ficaram muito espantados quando descobriram que o famoso autor teatral brasileiro falava húngaro.

O irmão Pedro, o pai Hugo, João e a mãe, Emmi, no Rio em 1933. No verso da foto, a inscrição: Aqui também faz dias frios. Estamos indo pegar a barca para Paquetá

Margot Bello e JB

Capítulo II

João Estevão, o jovem repórter-agrônomo

Participei de um concurso de peças promovido pelo Teatro do Estudante, no Rio de Janeiro e, para surpresa minha, ganhei o primeiro lugar. Era uma tragédia – *Os Coerentes* – *tão ruim, que levou prêmio,* dizia eu nos momentos de baixa auto-estima.

Nesse tempo, montaram a minha primeira peça para atores – *Mais um capítulo* –, com um grupo amador do Colégio Jacobina. Era uma paródia de radionovela. O cara escuta a novela e as coisas começam a acontecer de verdade na casa dele.

Naquela época, dirigi o *Hipólito*, de Eurípedes, nas escadarias do Ministério da Fazenda. Eu era secretário da UNE (União Nacional dos Estudantes), no tempo em que o Cândido Mendes era o presidente. Havia umas pessoas ligadas a teatro e eu fui escolhido para a direção. Teatro de rua, juntou gente à beça para assistir. Tinha uma certa produção: luzes, figurinos gregos, etc.

Eu tinha um amigo psicólogo – Pedro Balazs – que foi, também, um grande educador. Sete anos mais velho, Pedro achou que eu devia trabalhar para minha autonomia. Arranjou um emprego para mim em São Paulo numa importadora de artigos fotográficos. Adorei.

Fiquei lá de 1949 a 1950. Jogava tênis no Paulistano e me tornei amigo de algumas pessoas maravilhosas: Décio de Almeida Prado que, nessa época, já era respeitado como crítico teatral de *O Estado de S. Paulo*; Antônio Cândido; Rui Coelho; quase todos socialistas.

Os socialistas daquele tempo eram inimigos dos comunistas. Eu me incluía entre os socialistas por influência do Décio e do Cândido. Hoje parece haver uma espécie de confusão entre os rótulos.

Era um socialismo democrático. Muitos filhos de ótimas famílias. O Caio Prado Jr., o grande historiador comunista, era filho da dona Antonieta Prado. No fim do ano, ela levava champanhe francês para o filho e os amigos curtirem o Natal na cadeia. Os extremos: a aristocracia paulistana e o comunismo se confraternizavam.

Quanto a mim, seria difícil simpatizar com o comunismo pelo que eles fizeram na Hungria. Mas tinha – e tenho – amigos comunistas e, às vezes, nossas idéias, quanto aos problemas do Brasil, são parecidas. Aliás, em matéria de amigos, eu tenho que agradecer todos os dias. Já falei do Décio e do Cândido. Seria injusto não mencionar o Paulo Rónai, Stélio Roxo, Stefan Wohl, Domingos Oliveira, Oscar Ornstein, Klaus Von Wahl, Gilda Cesário Alvim, José Renato, George Devine, Millôr Fernandes, Jorge Dória, Fausto Wolf. Cometo injustiça ao não citar muitos nomes, mas a lista cobriria páginas e páginas.

O Décio conseguiu, com o cônsul americano Joseph Privitera, amigo dele, uma aproximação minha com universidades nos Estados Unidos. Enviei cartas para duas e ambas me ofereceram Bolsa. Acabei optando pela Universidade de Yale, em New Haven, Connecticut. Fiquei três anos lá, um período inesquecível.

Meu *major,* isto é, o meu interesse principal, era *playwriting* – técnicas de dramaturgia – mas isso implicava, também, aulas de Direção, Interpretação, História do Teatro, História da Arte, Literatura. Nos Estados Unidos a noção é de que o aluno, para ser diretor ou dramaturgo, tem que entender de todos os aspectos ligados ao teatro.

Nas horas livres eu me virava para ganhar dinheiro. Fiz um pouco de tudo: colhi maçãs, dei aulas de português, trabalhei na editora da Universidade.

A minha tese em História do Teatro foi sobre Molière, de quem gosto muito. Para a cadeira de Dramaturgia, tive que escrever uma peça de teatro. Chamava-se *A Dream of Saint-John's Eve* ou *Sonho de uma Noite de São João*. Nunca foi montada.

Adaptei, também, um conto do Arthur Schnitzler – *A Sina do Barão* – que, posteriormente, a Gilda de Mello e Souza, mulher do (Antônio) Cândido, traduziu para o português e o José Renato encenou.

O José Renato é um capítulo à parte da minha trajetória. Conheci o Zé em São Paulo, quando morei lá. Ele era aluno do Décio na Escola de Arte Dramática. Nós trabalhamos juntos um monte de vezes. Ele dirigiu várias peças minhas; eu traduzi e adaptei outras tantas para ele. Chegamos a produzir juntos *Camas Redondas, Casais Quadrados*. Muitos anos depois, no início da década de 90, demos um ótimo curso de Dramaturgia, na Sbat (Sociedade Brasileira de Autores Teatrais).

Voltando à Universidade, estudei muita teoria teatral com o excelente dr. Alois Nagler, conhecido historiador de teatro da escola do professor Kutcher, o que me deu um lado acadêmico razoável. Acabei formado em Master Of Arts, num tempo em que mestre no Brasil era mestre-de-obras. Eu devo ter sido o primeiro mestre não de obras por aqui.

Na minha volta, recebi convite para escrever artigos para o *Estado de S. Paulo*; dar conferências sobre teatro; e fui nomeado professor de Direção no Conservatório Nacional de Teatro, que acabou resultando no Departamento de Direção da Uni-Rio, do qual fui, mais tarde, chefe. Foi o primeiro curso de direção dado no Brasil, se não me engano, em 1954.

O Millôr também me arrumou trabalho na imprensa. Ele era um expoente nos *Diários Associados*, do Chateaubriand. Assinava como Vão Gogo. Ficamos muito amigos. Acabei indo para a redação de *A Cigarra*, uma revista dirigida ao público feminino. Escrevia sobre os mais diversos assuntos: enfermeiras, etiquetas, arranjos florais, coisas assim.

O Carlinhos de Oliveira foi meu colega de redação. Ótima pessoa. Alegre, inteligente, gentilíssimo, bebedor emérito e exímio namorador. Eu já era pacato, não conseguia acompanhar o ritmo dele. Tinha algumas namoradas e nenhum porre. Depois, conheci a Margot e casei.

Nos primeiros tempos de *pater familiae*, eu me dividia entre o trabalho de redator e o de agrônomo. Enquanto estava nos Estados Unidos, meu pai faleceu, e meu irmão e eu herdamos a fazenda. Fiquei responsável por ela.

Ou seja, eu era um redator com uma carreira de agrônomo nas costas. Então, estava eu lá, trabalhando, e vinha o telefonema: *Dr. João, o gado está com aftosa*. Então, lá ia eu pedir licença ao Jorge Illeli, meu chefe, e me mandar para Vassouras.

Nas horas vagas, eu me dedicava ao teatro. Escrevi, entre outras, *A Força do Destino de Verdi*, a história de um cara que é louco para ver a ópera no Teatro Municipal, e não consegue. Uma série de obstáculos se interpõem, incidentes familiares, etc. Nunca foi encenada, mas a Bárbara (Heliodora) gosta muito desta peça em um ato, talvez a minha primeira comédia de costumes.

Escrevi, também, *O Sorriso Conservado*, uma peça meio louca, que o Décio não gostou; *Dois Fragas e um Destino*, que chegou a ser lida num concurso de apresentação de peças no Teatro do Estudante e que, depois, o Vianinha e o Paulo Pontes usariam na televisão; *Karma*, uma peça para quatro atores, que só foi levada em Belo Horizonte.

De quebra, trabalhei como ator no filme *As Duas Faces da Moeda*, do Domingos Oliveira.

O único problema é que eu não conseguia decorar o texto, e tive que ser dublado pelo roteirista Joaquim Assis. Um crítico de cinema disse que eu era ótimo, que tinha uma voz muito boa.

Fui ator, também, no Oregon Shakesperean Festival, enquanto morava nos Estados Unidos, em 1952. Um amigo meu era diretor de lá, e eu fui de carro de New Haven até o outro lado dos Estados Unidos, pelas Montanhas Rochosas.

Em Achland, Oregon, há um palco shakespereano incrível, no qual eu representei *Henrique V*. Fiz o papel do embaixador francês que traz as bolas de tênis. Uma cena muito engraçada. Em *Júlio César,* eu fui Cícero, um papel pequeno. A minha professora de interpretação, Constance Welch, que fazia *coaching* na Broadway, dizia que eu tinha talento, mas me chamava de *hard,* um cara duro. Eu não me achava nada duro. Me achava uma moleza.

Escrevi também *A Mãe que Entrou em Órbita*, coletânea de textos meus que tinham sido publicados na revista *Senhor*. Um deles, começava com uma piada sobre Karl Marx.

Fazia um paralelo entre *O Capital* do Marx e *A Capital* do Juscelino Kubitscheck, a mudança do Rio de Janeiro para Brasília. Apenas uma brincadeira, mas alguns radicais da revista *Senhor* insistiram para que não fosse publicada. Por aí, você vê como já havia coisas assim naquele tempo.

Vidas de el justicero, meu primeiro romance, teve uma boa acolhida. Vendeu, sei lá, dez mil exemplares. Para a época, era bom. Depois, o Nélson Pereira dos Santos dirigiu o filme, com o Arduíno Colassanti e a Adriana Prieto no elenco. Eu não estava no Brasil na época – 1966 –, estava em Portugal, trabalhando com o Raul Solnado. O Ziraldo, que tinha lido o livro e viu o filme, gostou mais do livro.

O livro é semi-autobiográfico, inspirado, em parte, em fatos que o Fernando Chateaubriand – filho do Assis – e o Gilberto Bandeira de Mello, me contavam. Numa determinada fase da minha vida, nós fomos muito próximos, e as histórias deles eram hilariantes. Eu sempre aproveitava alguma coisa. Depois, o Gilberto virou um colecionador importante. O Fernando, infelizmente, faleceu. Foram dois amigos de juventude muito queridos.

O Carlos Hugo Christensen e o Carlos Alberto de Souza Barros também adaptaram obras minhas para o cinema – a peça *Como Matar um Playboy* (1968) – com o Agildo Ribeiro no papel principal e *Um Marido Contagiante* (1972), adaptada de *A Venerável Madame Goneau*, com Milton Moraes, Mária Cláudia e Cláudio Cavalcanti.

O dramaturgo-diretor

O Duque alemão de Saxe-Meiningen estreou seu grupo em 1870, se não me falha a memória. Pela formidável unidade do seu espetáculo, foi considerado o fundador da direção teatral, influenciando vários outros. Com o desenvolvimento da direção, aconteceu o que ocorre até hoje: o diretor se apossa do texto para usá-lo como inspiração e pretexto. O próprio Stanislavski fez isso um pouco e foi criticado, severamente, por Tchecov.

Como diretor, coloco-me na escola de Copeau, que considera o autor mais importante. O diretor se torna intérprete do texto ao transformá-lo em espetáculo. À medida que novas tecnologias se incorporam ao teatro, esta visão fica fora de moda. Mas o fato é que o teatro é a arte do ator e, ao dirigir o ator, o texto se torna soberano.

Estreei profissionalmente no Tablado, em 1954, com a peça *Nossa Cidade / Our Town*, do Thornton Wilder. No elenco, extensíssimo, nomes como

Cláudio Corrêa e Castro, Carmem Sylvia Murgel, Beatriz Veiga, João Augusto, Paulo Vidal Padilha, Emílio de Mattos, Roberto de Cleto, Maria de Lourdes Rosa, Maria Clara Machado, Paulo Mathias, Napoleão Moniz Freire, José Álvaro e Kalma Murtinho, entre outros.

O Tablado existia há pouco tempo. Três anos, talvez. A única peça adulta que tinha sido encenada lá, se não me engano, era *A Sapateira Prodigiosa*, do Garcia Lorca, que a Maria Clara Machado dirigiu e protagonizou.

Eu era muito amigo da Clara e do Aníbal, seu pai. Ele promovia as famosas domingueiras – encontro de literatos e de muita gente ligada às artes nos domingos à noite.

Aníbal também tinha casa em Vassouras. De vez em quando, a gente pegava o trem juntos. Ia-se de trem naquele tempo.

Eu gostava muito da Clara. Era uma moça encantadora. Ela me convidou para dirigir, e eu aceitei. Ensaiamos 9 meses, e só não ensaiamos mais, porque os atores não agüentavam. Quando estreamos, achava que ainda faltavam alguns ajustes. Mas o público adorou, e foi um grande sucesso. Ganhei um prêmio como diretor-revelação.

Depois, encenei, no teatro da Maison de France, *Memórias de um Sargento de Milícias*, uma adaptação do Francisco Pereira da Silva para o romance-folhetim do Manuel Antonio de Almeida. No elenco, estavam Magalhães Graça, Graça Moema, Cirene Tostes, Diego Cristian, Miriam Ruth, Hilda Cândida, Armando Costa, Allan Lima, Edson Silva e Munira Haddad, entre outros.

Mais ou menos nessa época, fiz umas incursões, como diretor, no cinema. O Flávio Tambellini era diretor do Instituto Nacional do Cinema Educativo – INCE. Ele me convidou para dirigir um documentário, que eu batizei de *A Linguagem de Teatro*.

Como me dava bem com a Fernanda (Montenegro), e ela estava encenando a comédia *boulevard* francesa *La Parisienne*, do Henry Becque, que o Millôr traduziu, eu a escolhi como tema. Acabei filmando boa parte da peça, além de entrevistá-la no camarim. O filme está aí até hoje. Fez parte da exposição comemorativa de carreira, que a Fernanda mostrou anos atrás pelas principais capitais do país.

Depois, o consulado americano patrocinou uma produção do documentário *Fragmentos de Dois Escritores*; no caso, um brasileiro e um americano. Escolhi o Nélson Rodrigues e o Edward Albee.

A parte do Nélson foi fácil. Falei com ele e ficamos amigos para sempre. Ele era um cara maravilhoso. Um dos sujeitos mais encantadores que se pode imaginar. Não tinha nada de convencido, nada de pomposo. Era uma inteligência fulgurante e um senso de humor afiado.

Não podia me ver que começava, com aquele timbre peculiar: *Lá vem o João Bethencourt, o único cara que ganha dinheiro com teatro no Brasil!* E eu: *Pô, Nélson, como é que você tem a cara-de-pau de afirmar um troço desses?* Segui-o por duas semanas. Da hora em que ele tomava mingau contra a úlcera, até o momento em que ia para o Maracanã. Consegui registrar, até, um gol de bicicleta do Pelé.

Depois da parte dedicada ao Nélson, pude me orientar em relação ao Albee, tratando com ele assuntos já examinados em termos brasileiros. Acho que o Nélson, embora acusado de reacionário, é um campeão da liberdade. Isso me permitiu igualá-lo ao Albee, que é um contestador norte-americano, de esquerda.

Durante uma semana, o Albee mandava pessoas nos receberem. Fomos sabatinados por "n" secretárias até que ele se decidisse por trabalhar conosco ou não. Quando já estávamos pensando

Entrevistando Nelson Rodrigues

Pierre Barillet, JB e Grédy

em desistir, toca a campainha do apartamento, e entra um moço todo encapotado, timidíssimo – era o Albee.

Depois, ele se entrosou com a equipe, e ficou tudo de igual para igual. Acabou aquela formalidade toda.

Ao contrário do Nélson, que gramava no jornalismo para sustentar o seu teatro, Albee vivia num apartamento luxuosíssimo na 5ª Avenida, com quadro de Chagall na parede e gato persa passeando pelas salas. Pena que o filme tenha se perdido. A Cristina, minha filha, tem umas fitas de conversas minhas com o Nélson. Espero que ela me devolva um dia.

Gosto de dirigir, mas é um trabalho árduo. Hoje em dia, prefiro escrever. Recentemente, no entanto, encenei duas peças. Isso, apesar da minha surdez, cada dia mais acentuada.

Quanto a escrever, o meu processo é lento e demorado. Dificilmente, dou uma peça por terminada em pouco tempo. Vou tendo as idéias, recortando matérias de jornais, e acumulando numa pasta. Quando acho que a pasta está suficientemente gordinha, tento juntar as partes num todo.

Não gosto de digitar direto no computador porque o texto fica parecendo muito definitivo. No papel, tem jeito de esboço, algo a ser aprimorado.

O gênero teatral é considerado o mais difícil da literatura. O autor tem muito menos liberdade do que no romance, por exemplo. E você não escreve para o público, escreve para o ator. O seu porta-voz é o ator. Então, isto não pode ser ignorado, e nem o fato de estar limitado pelo tempo e pelo espaço.

Por tudo isso, o texto teatral tem que ser claro e muito eficaz. Deve revelar os personagens e a trama, e fazer avançar a ação, tudo ao mesmo tempo. E é muito importante um desfecho impactante. Talvez, o mais difícil num texto teatral.

JB e Eva Todor em Lily e Lily

Com o filho Cláudio, o neto Victor e Margot

Com os netos Pedro, Victor e Clara, e Margot

Bethencourt comenta as peças que escreveu, traduziu e dirigiu

Jogo de Crianças

1957

Texto e Direção João Bethencourt

Com André José, Vera Lúcia Magalhães, Cláudio MacDowell, Ivo Sequeira, Antônio Soriano

Essa peça foi traduzida e publicada na revista italiana *L`Arlecchino*. Eu tinha um colega em Yale, o conde Galassi Iberia, que era italiano, e gostava muito de minhas peças. Aqui, a peça foi encenada no Teatro República, no centro, onde hoje é a TV-E, junto com outras duas: do Jorge de Andrade – *Telescópio* – e do Antônio Callado – *Pedro Mico*, em produção do Teatro Nacional de Comédia.

Narra a história de quatro crianças brincando de campo de concentração em torno de uma estátua. Em dado momento, as crianças notam lágrimas escorrendo no rosto da estátua. Perguntam a razão. Ela diz que elas estão fazendo um jogo cruel, e conta que foi um chefe de Estado. Lembra de ter assassinado milhões de pessoas, sem, no entanto, saber o porquê. Inspirei-me na morte do Stalin e no que ele representou. Nunca mais foi encenada, até porque perdeu um pouco a atualidade.

As Provas de Amor

1957

Texto João Bethencourt

Direção Maurice Vaneau

Com Walmor Chagas, Leonardo Villar, Ziembinski, Sadi Cabral, Raul Cortez e outros

É a história de um rapaz que negocia o próprio suicídio. Inicialmente, foi encenada em São Paulo, pelo TBC, e hostilizada pela crítica. Promulgou-se uma lei que, para cada duas peças estrangeiras, uma peça nacional tinha que ser montada. Ficou todo mundo indignado, e o Miroel Silveira escreveu no jornal dele que a minha peça era *mais uma bethencourada*. Imagina, era a minha primeira peça! Em 1959, reescrevi e montei no Rio de Janeiro com Os Duendes, que eram, entre outros, o João das Neves, a Pichin Plá, o Nildo Parente, o Hugo Sandes, a Maria Luísa Noronha e uma novata – Margot Mello, que acabaria por se tornar minha mulher. Compus uma valsa para a peça, que o Domingos (Oliveira) adora. Muita gente viu, entre elas, a Tônia (Carreiro) e o (Adolfo) Celli, que queriam conhecer o meu trabalho. Foi traduzido para o francês.

Um Elefante no Caos ou O jornal do Brasil

1960

Texto Vão Gogo (Millôr Fernandes)

Direção João Bethencourt

Com Maria Sampaio, Adriano Reys, Cláudio Correa e Castro, Emílio de Mattos, Camilla Amado, Procópio Mariano, Antônio Pedro, Conrado Freitas, João Ferreira e outros.

Uma peça ótima, de cunho político, que fala de um prédio que vive permanentemente pegando fogo. Fiquei tão amigo do Millôr, que ele foi meu padrinho de casamento. Somos amigos até hoje. O espetáculo agradou demais e eu recebi o prêmio de melhor diretor do ano pela Associação Carioca de Críticos Teatrais.

Escola de Mulheres

L'École de Femmes

1961

Texto Molière

Direção João Bethencourt

A montagem foi no original, em francês. Fui convidado para dirigir pelo grupo amador *Les Comédiens de L'Orangerie*. Foi a minha primeira direção de uma peça de Molière. Os atores eram ótimos, mas como não tinham dinheiro para me pagar, ofereceram uma viagem a Paris. Acabei ficando quatro meses na França, hospedado na Aliança Francesa. Aproveitei para ver tudo que é peça de teatro e ópera. Um grande amigo, Richard Sasso, tinha um carro *deux chevaux* – com dois acentos – e a gente saía pela noite fulgurante de Paris.

O Milagre de Ana Sullivan

The Miracle Worker

1961
Texto William Gibson
Direção João Bethencourt
Com Susana Freyre, Glauce Rocha, Sérgio Viotti, Nildo Parente, Suzy Arruda, Fregolente e outros

O Napoleão Moniz Freyre fez os cenários e figurinos. Às vésperas da estréia, nós não conseguíamos encaixar a luz no cenário, que era complicadíssimo. Eu não era um diretor que entendia muito de iluminação, apesar de ter estudado em Yale. Lá fora, o diretor aprende a iluminar. Cheguei a estudar um pouco disso depois, e, hoje, sou capaz de transmitir ao iluminador o tipo de luz que eu quero. Desesperados, na noite que antecedeu a estréia, chamamos o Ziembinski, e ele, na maior simpatia, passou a noite afinando os refletores. Trabalhou das onze da noite às oito da manhã, e não aceitou o pagamento. Entregou de presente a iluminação para a gente. Isso eu gostaria que constasse na minha biografia, porque eu devo ao Ziembinski a generosidade de um excepcional artista e ser humano.

Exit the King

1963
Texto Eugène Ionesco
Direção João Bethencourt
Com Alec Guinness

Em 63, George Devine veio ao Brasil. Foi quem renovou a dramaturgia inglesa nos anos 60. Sou citado na biografia dele como um de seus amigos brasileiros. Ele dirigiu a peça do Ionesco, *Le Roi se Meurt Exit the King*, no Royal Court, e me convidou para ser seu assistente. Imagine você que o Alec Guinness estava no elenco. O Millôr não acreditou que eu estava trabalhando lá, pegou um avião e foi até Londres checar. Aí, eu apresentei o Millôr ao Alec Guinness, o que se tornou parte da biografia do Millôr. Até hoje, quando o Millôr me vê, ele pergunta: *E aí, como é que vai o nosso Alec Guinness?* O Ionesco foi assistir, mas não tive muito contato com ele. Era um cara tímido, baixinho, com uma mulher baixinha, uma filha baixinha. Mas era simpático. Tinha uma cara de palhaço.

A disciplina do teatro inglês, a humildade do Devine e do astro Alec Guinness, que aceitou sugestões minhas, de marcação, me impressionaram muito. Uma experiência inesquecível.

A Ilha de Circe ou Mister Sexo

1964
Texto João Bethencourt
Direção João Bethencourt
Com Rubens Correa e Ivan de Albuquerque liderando elenco de 32 nomes

O título foi um problema. Circe era a feiticeira que, na Odisséia, transformava homens em animais. Então, era um pouco a idéia da pornografia. Mas ninguém entendia; não sabiam quem era; os produtores arrancavam os cabelos; até que fui obrigado a ceder. Mudei para *Mister Sexo*, o que não me deixou lá muito satisfeito. Os títulos das peças buscam agarrar o espectador pela gravata.

Até hoje, não sei se os ingleses roubaram a minha trama, que fala de um cara que edita uma revista literária, e herda uma cadeia de revistas pornográficas. Como estas revistas são depositadas no escritório dele, que fica em seu próprio apartamento, a coisa acaba se espalhando pelo prédio.

Pois esta é exatamente a situação de uma peça que esteve em cartaz em Londres, e chamava-se *No Sex, Please*.

Aconteceu que a minha peça foi vertida para o inglês, e mostrada a alguns produtores da BBC. Infelizmente, não sabia a quem processar, e acabei não processando ninguém. Não sei, também, se era caso de processo.

Alec Guinness e Natasha Perry em Exit the King

Liana Duval, Rogério Fróes, Rosita Tomás Lopes, Eva Wilma, Ítalo Rossi e Cléa Simões em As Feiticeiras de Salém

As Feiticeiras de Salém
The Crucible

1965
Texto Arthur Miller
Direção João Bethencourt
Com Rodolfo Mayer, Ítalo Rossi, Eva Wilma, Odair Manzano, Ana Maria Chiarelli, Cléa Simões, Marieta Severo, Liana Duval, Rogério Fróes, Hildegard Jones (Angel), Djenane Machado, Oswaldo Loureiro, Rosita Tomás Lopes, Álvaro Perez, Isabel Ribeiro, Rodrigues Neto, Conrado de Freitas, Francisco Saraiva, André Luiz, Gilson Moura, Horácio Siciliano

É uma peça genial do Miller, um dos meus autores prediletos. O grande barato da montagem é que contava com um elenco de novatos, muitos dos quais tornariam-se grandes atores, que estão aí até hoje. Aqui, a minha abordagem de diretor como intérprete do autor foi muito útil, resultando num espetáculo que reproduzia todo o impacto do texto.

Verão e Fumo

Summer and Smoke

1966

Texto Tennessee Williams

Direção João Bethencourt

Com Eunice Muñoz

Apresentado em Lisboa, no teatro Villaret. O Raul Solnado, grande ator cômico português, tinha arrendado o teatro, e me convidou para dirigir a peça em Portugal. Foi uma temporada maravilhosa. Ficamos quase 7 meses por lá: a Margot; a minha mãe; as crianças, que eram pequenas – a Cristina, com dois anos; o Cláudio, com um – e a babá. Encabeçando o elenco, estava a Eunice Muñoz, que era – e ainda é – a grande atriz portuguesa, a Fernanda Montenegro de lá.

Com Raul Solnado

Assassinos Associados, *em Portugal*

Assassinos Associados

Assassins Associés

1966

De Robert Thomas

Direção João Bethencourt

Com Raul Solnado, Nicolau Brainer, entre outros

Foi a segunda peça que dirigi na estada em Portugal. Uma comédia francesa do Robert Thomas, que eu conheci em Paris. Visitei-o e, pela primeira vez na vida, vi uma árvore dentro de um apartamento. Para você ver como autor francês ganha dinheiro. Tem um ipê no *living*. Eu ainda vou pôr isso numa cena, porque é muito engraçado. A peça em si é bem divertida. Botei dois palcos giratórios, que tornavam o espetáculo extremamente dinâmico, e os cômicos portugueses são fabulosos. Eu ria tanto nos ensaios, que o Raul Solnado chegou a pensar em cobrar ingresso de mim.

As Aventuras de Pedro Malasartes

1966

Texto e Direção João Bethencourt

Quando cheguei de Portugal, escrevi essa peça infantil, pois precisava de dinheiro. Aliás, com relação a esta questão de *ganhar dinheiro* é preciso cuidado. O maior crítico inglês do século XVIII – Dr. Johnson – disse que ninguém nunca escreveu se não para ganhar dinheiro. O Shakespeare escrevia para sobreviver, você sabia disso?

O teatro elisabetano tinha um público enorme e florescia como comércio. Shakespeare era um dos expoentes e ficou muito bem de vida com suas peças. O teatro era considerado um gênero menor, tanto que se publicavam poemas épicos, e não se publicavam peças.

Primeiro, porque o teatro não era considerado arte; era uma coisa vulgar, ligada à prostituição, à ralé; segundo, porque se a peça fosse impressa, imediatamente, as companhias da província a roubavam para representá-la. O teatro elisabetano prova, uma vez mais, que não existe teatro sem público. O teatro é a única arte da qual o público é parte essencial. Por isso, em todos os meus trabalhos, sempre me esforcei para torná-lo comunicativos e acessíveis, sem violentar o universo do texto.

Pais Abstratos

1966
Texto Pedro Bloch
Direção João Bethencourt
Com Glauce Rocha, Jorge Dória, Ana Maria Nabuco, José van Grichen, Fátima Proença, Darlene Glória, Luiz Guillermo, Monique Lafond

Pais Abstratos foi a primeira peça que fiz com o (Jorge) Dória. Temos grande afinidade. Eu penso, ele já dá forma ao que eu pensei. Às vezes, fico meio p. da vida com os *cacos* que ele põe no texto. Mas dificilmente os *cacos* dele falham. Aqueles que ele mantém. Porque têm outros que ele experimenta e não dão certo; aí ele joga fora. O cara é tão danado que fica em casa remoendo que *caco* vai botar. Na Europa, o ator que *caqueia* não é bem aceito. Nos Estados Unidos, tem um acréscimo de direito autoral. Qualquer *caco* incorporado ao espetáculo passa a ser de propriedade do autor. Se você quiser publicar a tua peça com o *caco*, pode. É teu. Quando é demais, eu falo com ele. Aí, eu vou ver a peça, ele tira. Depois, põe. Hoje em dia, fica mais fácil para o ator que trabalha comigo, porque o que está um *caco* é o meu ouvido.

Quanto ao Pedro Bloch, o autor, era uma ótima pessoa. Simpático, inteligente, acolhedor e generoso. Fiz com ele o que tentei fazer com todos os autores que trabalham comigo. Convidei-o para freqüentar os ensaios, dar opiniões. É exatamente o contrário do que a maioria faz. A minha opinião é que ninguém conhece melhor a peça do que o autor. O diretor acha que vai inventar. Às vezes, até inventa. Mas a grande criação é do autor. Teatro é autor, ator e texto. O melhor diretor é aquele que menos atrapalha o ator.

Papai Noel e os Dois Ladrões

1967

Texto e Direção João Bethencourt

Com Francisco Silva, Margot Mello, Jorge Cândido, Ivan de Almeida, Vera Cândido, Ruy Fiuzza, Eny Miranda, João Vieitas, Alex Sant´ana, Maria Nilza Arantes, Geraldo Barbutti

Foi encenada no Natal de 1967 pelas praças do Rio. Sucesso absoluto. É infantil, mas dá para todo mundo ver. É o unico Auto-de-Natal cômico que conheço. Só uma vez, que eu me lembre, representamos em teatro fechado, o João Caetano. O espetáculo funciona melhor em espaço aberto. Encenávamos em qualquer lugar: praças, canto de rua, arsenal da Marinha, Aterro do Flamengo. O público não pagava nada e se divertia imensamente, inclusive com o presépio que encerrava o espetáculo.

Quarenta Quilates

Quarante Carrats

1968

Texto Pierre Barillet e Jean-Pierre Grédy

Direção João Bethencourt

Com Cleyde Yaconis, Henriette Morineau, Cláudio Cavalcanti, Jorge Dória, Mário Brasini, Heloísa Helena, Nádia Maria, Lúcia Alves, Delorges Caminha, Carlo Mossy

É uma peça muito bem-sucedida, que foi levada até na Broadway. Por aqui, agradou muito. A Morineau já era a grande dama. Gostava muito dela. Uma pessoa de muito valor. Íntegra, inteligente, profissional, modelar. Nos demos bem. Até porque, jamais pretendi, como diretor, ter certeza das coisas. Então, a Madame Morineau virava-se para mim e perguntava: *E agorrrra, eu faço o quê?* Eu dizia: *Madame, não sei. Ah, bom, se o dirretorrr não sabe, enton quem vai saberrrrr!*. Durante a temporada, a Cleyde ficou irritada com o Dória, porque ele punha alguns *cacos*. E olha que, naquele tempo, ele ainda era humilde. Ela reclamava comigo, reclamava com o produtor... aí, o Dória tirava os *cacos* por três dias, depois recolocava, e assim por diante. Era uma batalha sempre travada e sempre perdida.

Linhas Cruzadas
Relatively Speaking

1968

Texto Alan Ayckbourn

Adaptação e Direção João Bethencourt

Com Glória Menezes, Tarcísio Meira, Yara Côrtes e Paulo Gracindo, posteriormente substituídos por Miriam Pires e André Villon

É das primeiras peças do Ayckbourn, que hoje é um grande nome da comédia inglesa. Caiu em minhas mãos, senti que era uma peça que funcionaria muito bem e montei. A Glória e o Tarcísio já eram famosos, mas, naquele tempo, mesmo os atores de televisão tinham mais disponibilidade de horário. Ensaiava-se muito mais. Os espetáculos eram de terça a domingo, com vesperais. Hoje em dia, a maioria dos atores faz outras coisas (tv, dublagem, comercial) e não pode trabalhar só no teatro. Foi um trabalho gostoso; ótimas cenas; o Paulo, como sempre, soberbo.

Frank Sinatra 4815

1969

Texto e Direção de João Bethencourt

Com Henriette Morineau, Paulo Gracindo, Daisy Lúcidi, Neuza Amaral, Dilma Lóes, Luiz Delfino, Cléa Simões, Tânia Scher, Oswaldo Louzada, Mário Lago, Ivan de Almeida, entre outros

É a história de uma menina que sonha com cavalos correndo, um número aparecendo e uma voz gritando: *A velha bruxa caiu!*. Ela conta o sonho à família, decidem que se trata de um *sweepstake* e ficam loucos para achar o bilhete com o tal número. Acabam conseguindo. Na etapa seguinte, sorteiam o bilhete com um certo cavalo. Não é o melhor cavalo do páreo, mas tem chance. No domingo, se mandam para o Jockey, menos o dono da casa, que fica trabalhando. Aparece, então, o proprietário do cavalo querendo comprar o bilhete. Esta cena que eu achava que ia ser chata – o Mário Lago querendo convencer o Paulo Gracindo, que era o chefe da família, a vender o bilhete –, tornou-se o ponto alto. O público torcia: *Não vende, não vende...* Resultado: eles seguem negociando em *off*, enquanto a corrida se desenrola com a família torcendo em primeiro plano. O Frank Sinatra vence, a família celebra, e o público não sabe se o Paulo Gracindo vendeu ou não o bilhete para o Mário Lago. Foi meu primeiro texto de grande sucesso, tanto no Rio quanto em São Paulo com o Otelo

Cláudio MacDowell, Tânia Scher, Luiz Delfino, Dayse Lúcidi, Paulo Gracindo, Neuza Amaral e Dilma Lóes em Frank Sinatra 4815

Henriette Morineau e Cléa Simões em Frank Sinatra 4815

Zeloni no papel do pai. Esta peça fez parte da comemoração dos 20 anos do teatro Copacabana e eu a dediquei a quatro grandes amigos: Décio de Almeida Prado, Antônio Cândido, Stélio Roxo e Pedro Balázs.

Paulo Gracindo e Mário Lago em Frank Sinatra 4815

Onde Não Houver Inimigos Urge Criar Um

1970

Texto João Bethencourt

Direção José Renato

Com Ivan Setta e Otávio Augusto

Era apresentada em conjunto com *A Cantora Careca*, dirigida pelo Antonio Abujamra, num espetáculo que se chamava *O Absurdo*. Ganhou o Prêmio Governador de São Paulo, em 70.

Plaza Suíte

1970

Texto Neil Simon

Tradução e Direção João Bethencourt

Com Fernanda Montenegro, Jorge Dória, Sandra Bréa, Francisco Hosanã, Procópio Mariano, entre outros

Neil Simon é um dos maiores comediógrafos norte-americanos. É bom tanto de diálogo, quanto de estrutura, e, também, de réplicas cômicas. Nos Estados Unidos, o preconceito contra a comédia é menor, e Neil Simon recebeu inúmeros prêmios e o reconhecimento geral de sua genialidade cômica. O próprio teatro norte-americano é menos decadente que em outros países, talvez porque a Broadwday seja um grande chamariz internacional. Há preconceitos, sim, contra a comédia. Por várias razões. Citarei apenas uma: a irreverência. Todos os que se levam muito a sério – políticos, intelectuais, catedráticos – temem e exorcizam a comédia. Até os críticos, cuja utilidade, depois da perda de *status* do teatro, quando se inventou o cinema e outras formas de se contar uma história para um grupo de pessoas reunidas, tornou-se questionável. Um dos melhores críticos que eu conheci foi o Décio de Almeida Prado, que não tinha preconceito nenhum. Íamos ver a chanchada no teatro Santana, e ríamos daquelas piadas baratas do Colé quando elas eram boas. Porque há piadas baratas boas e há piadas baratas ruins. E o Décio tinha um senso de humor maravilhoso.

Show do Solnado

1971
Texto Raul Solnado
Direção João Bethencourt
Com Raul Solnado

Trata-se de um show de piadas e canções que o Raul Solnado trouxe de Portugal, e eu redirigi no Copacabana. O Raul é um cômico prestigiado. Tem um estilo sutil, engraçadíssimo. Aqui, o show não foi tão bem. Não que fosse ruim, mas, talvez, fosse um pouco local. Nem tudo que funciona numa praça, funciona em outra. Lá, fez sucesso.

O Milagre de Nossa Senhora Magrinha

1971

Texto e Direção de João Bethencourt

Com José Carlos Monteiro de Barros (Diogo Villela), Rafael de Carvalho

É um infanto-juvenil que eu levei para o teatro Glória. Fala de um menino cego e do milagre de Nossa Senhora. Um dos primeiros trabalhos do Diogo Vilela, ainda adolescente, quando assinava o nome de batismo.

Fica Combinado Assim

1971

Roteiro e Direção de João Bethencourt

Com Claudette Soares, Agildo Ribeiro, Pedrinho Mattar e conjunto Somterapia

O Orlando Miranda, dono do teatro Princesa Isabel, pediu-me que escrevesse este show. Seria o primeiro da minha vida. A partir das aptidões de cada ator, juntei tudo e alinhavei o roteiro. Foi um sucesso. Ficou em cartaz durante um ano.

O Estranho

1971

Texto Edgar da Rocha Miranda

Direção João Bethencourt

Com Ary Fontoura e Felipe Wagner

Eu inaugurei o teatro Glória com essa peça do Edgar da Rocha Miranda, que também é um bom autor brasileiro. *O Estranho* é uma peça meio de vanguarda. Não era para grande público, apesar de bem escrita e estruturada.

A família do Edgar era dona do hotel Glória, e o Dr. Brandi era sócio dele. Um engenheiro italiano que chegou ao Brasil e fez fortuna, graças à sua inteligência e correção. Uma das pessoas mais íntegras que eu conheci. Durante três ou quatro anos, patrocinou tudo o que fizemos no Glória. Enquanto acertávamos as contas, ele me dava dicas: aqui é melhor o senhor mudar, senão vai pagar mais imposto, coisa e tal. Ou seja, o dono daquilo tudo se sentava comigo para me ajudar a fazer a contabilidade do teatro. Realmente, tive muita sorte. Conheci muita gente boa na minha vida.

O Dia em que Raptaram o Papa

1972

Texto e Direção João Bethencourt

Com Eva Todor, André Villon, Afonso Stuart (RJ); Dionísio Azevedo, Luis Carlos Arutim, Etty Fraser (SP), em montagem de José Renato

É a história de um Papa – Alberto IV – que vai a Nova Iorque e é seqüestrado por um taxista judeu que o tranca na despensa de sua casa. É, das minhas peças, a mais bem-sucedida. E, talvez, das mais bem estruturadas. *O Papa...* nasceu de uma tacada. Eu estava escrevendo outra coisa, de repente, veio a idéia; eu desenvolvi; e, no fim da tarde, estava pronta. Poucas vezes uma peça nasce assim. Geralmente, levo muito tempo elaborando, reescrevendo, buscando um final ideal. Meu *muso inspirador* foi um pouco a figura do Papa João XXIII. Tanto que, na versão inglesa, o tradutor dedicou a peça a ele. Não me incomodei, achei que procedia. No tempo em que eu escrevi, havia um Papa muito conservador, que era o Paulo VI. Depois, veio o João Paulo II, que se tornou um pouco o *meu* Papa: muito mais democrático, liberal, em contato com as pessoas.

A peça fez muito sucesso e teve um jornalista húngaro, chamado André Fodor, que tinha muito bons contatos no teatro europeu. Ele viu a peça, gostou, e mandou para um amigo dele, que era diretor de um teatro de Zurique, o Schausplelhaus – um dos mais importantes da Europa – onde estrearam todos os Brechts do exílio. A emoção que tive de assistir à minha peça, em alemão, neste grande e importante teatro causou-se uma breve, mas dolorosa, crise renal.

Quem fez o papel do Papa foi o Heiri Gretler, o maior ator de língua alemã da Suíça. Foi a última peça que ele fez, pois estava com 80 anos. Foi encenada, praticamente, em todos os países da Europa nos últimos 30 anos. Na Espanha, o ator que fez o Papa ganhou o prêmio de melhor ator do ano. Na Hungria, fui homenageado. Na Bélgica, foi vista pela Rainha Fabíola. Na Itália, o jornal do Vaticano – *L'Osservatore Romano* – publicou um artigo elogioso. Já passou também por Israel, Canadá, Estados Unidos, Iugoslávia, Uruguai, Argentina, Venezuela, Peru, México, entre outros. Atualmente, está em Viena. Volta e meia, é remontada, principalmente na Alemanha e na Áustria. Na França, foi exibida por três vezes na televisão, no programa *Au théâtre Ce Soir*. Ficou quatro meses em cartaz no teatro Edouard VII, mas não foi o sucesso esperado, especialmente se comparado ao sucesso que fez em outras capitais européias.

Programa da montagem alemã de O Dia em que Raptaram o Papa

Eva Todor, Afonso Stuart, Paulo Nolasco, Vânia Mello, João Marcos Fuentes e André Villon em O dia em que Raptaram o Papa

Foi publicada em inglês pela Dramatic Publishing Company.

Paradoxalmente, não existe publicação em português. Ainda.

João Marcos Fuentes, Eva Todor, Afonso Stuart e Vânia Mello em O Dia em que Raptaram o Papa

Chicago 1930
The Front Page

1971

Texto Ben Hecht e Charles Mac Arthur

Tradução e Direção João Bethencourt

Com Jorge Dória, Milton Carneiro, Fregolente, Oduvaldo Vianna Filho, Yara Côrtes, Arthur Costa Filho, Paulo Nolasco, Martin Francisco, Roberto Roney, Francisco Milani, Sandoval Motta, Alberico Bruno, Vânia Mello, Fernando José, Mário Monjardim, Procópio Mariano, Luiz Carlos Pimentel

É um clássico do teatro norte-americano. Tem uma situação básica ótima e retrata os jornalistas americanos dos anos 30, bem como os donos de jornais. O dono, no caso, é o Jorge Dória. O repórter-herói, o Vianinha. O Vianinha era ótimo. Tínhamos uma certa divergência política, mas, quando eu dirigi o Departamento de Cultura no governo do Carlos Lacerda, o Exército fechou o Teatro de Arena, e ele me telefonou. Aí, eu liguei para o Célio Borja, que era secretário de Justiça, para que ele intercedesse. Meia hora depois, suspenderam o cerco e mandaram a polícia para casa. Foi a minha aventura com a Revolução. Sem falar em três peças minhas que a censura interditou.

O Jogo do Crime

Sleuth

1972

Texto Anthony Shaffer

Tradução e Direção João Bethencourt

Com Paulo Gracindo e Gracindo Jr.

Uma comédia policial inglesa muito bem estruturada pelo Anthony Shaffer, que é irmão do Peter, autor, entre outras coisas, do *Equus*. O Paulo Gracindo fazia um velho escritor, que era procurado pelo jovem amante de sua esposa. Depois, o Gracindinho reaparecia em outros papéis. O público, aqui, sentiu-se ludibriado porque, na divulgação da peça, constavam nomes de outros atores – fictícios – como sendo os intérpretes de tais personagens. O cartaz dizia: peça com Paulo Gracindo, Gracindo Jr., Carlos Gonzarelli, Dina Stepler e Luís Carlos Romano. Na verdade, só estavam em cena os dois Gracindos. Na Inglaterra, a brincadeira funcionou. O público inglês achava uma estratégia divertida por parte da produção. Coisas do humor inglês, que é mais ácido. Nós fizemos uma sessão para policiais estaduais e federais. Quase perto do final, eu interrompi o espetáculo, e me dirigi à platéia, convidando o público a adivinhar o desfecho da trama policialesca. Contendo seis hipóteses, foram distribuídos formulários. Cento e treze apresentaram opinião, somente oito acertaram; dentre eles, três moças estranhas aos quadros da polícia.

La Bohème

1973
De Giacomo Puccini
Direção João Bethancourt
Regente Santiago Guerra
Com Paulo Fortes, Diva Pieranti, Benito Maresca, Ruth Staerke, Fernando Teixeira, entre outros.

Foi José Mauro Gonçalves, diretor do Teatro Municipal na época, que me convidou. Teve um primeiro maestro, que desistiu de trabalhar comigo. Talvez porque não estivesse muito interessado na parte musical, embora gostasse muito de Puccini. A música é linda. Há, em geral, um confronto entre o maestro, que defende a parte musical, e o diretor, que arma o jogo cênico. Mas na ópera a música é que conta.

Sermão para um Machão

The Shewing up of Blanco Posnet

1973

Texto George Bernard Shaw

Tradução e Direção João Bethencourt

Com Carlos Koppa, André Villon, Francisco Milani, Norma Dumar, Isabel Ribeiro, Cláudio MacDowell, Sônia Paula, Luiz Magnelli, Rafael de Carvalho, Margot Mello

A ação se passa no Velho Oeste, onde, em uma aldeia, o esporte predileto dos habitantes é linchar ladrões de cavalo. Nesse contexto, há um machão – o Blanco Posnet – que, a certa altura, tem uma iluminação divina e passa a enxergar o mundo de outra maneira.

Por mexer com religião, o texto original levou 14 anos para ser liberado na Inglaterra. Inventei um prólogo, o qual achei necessário para sintetizar as idéias religiosas de Shaw. Foi difícil ensaiar o Koppa no papel-título. Ele era policial e não tinha muita experiência de palco. Mas nos demos bem. Investi no potencial dele. Mandava que ele repetisse inflexão por inflexão, mil vezes. Ambos demonstramos ter uma enorme paciência, ajudados por um excelente assistente que eu tinha naquele tempo, o Paulo Nolasco. O resultado foi ótimo.

Freud Explica... Explica?

Norman, Is That You?

1973

Texto Ron Clarck e Sam Robrick

Tradução e Direção João Bethencourt

Com Jorge Dória, Leda Valle, Fernando Reski, Ivan Senna, Kátia Grunberg, Yara Côrtes, Luiz Armando Queiroz, Hildegard Angel, Eduardo Tornaghi

Uma das primeiras comédias de homossexualismo, que chega ao teatro da Maison de France. Escrita por dois norte-americanos, teve mais sucesso em Paris depois de ser adaptada por Jean Cau. Foi a versão que fizemos e agradou muito. O Luiz Armando Queiroz fazia uma bicha perfeita. A platéia delirava com ele. Era hilário contracenando com o pai – Dória. A certa altura, reformulou-se o elenco, mas a peça seguiu em boa temporada.

O doente Imaginário
Le Malade Imaginaire

1973
Texto Molière
Tradução Guilherme Figueiredo
Direção João Bethencourt
Com Ítalo Rossi, Eva Todor, Fregolente, Ary Fontoura, Jacqueline Lawrence, Luiz Armando Queiroz, Ângela Vasconcellos, Sérgio de Oliveira, Vinícius Salvatori, Nildo Parente, Edgard Gurgel Aranha

Encenada para comemorar o tricentenário de morte do Molière, no Teatro Municipal do Rio de Janeiro. Cobri o fosso da orquestra, e montei o palco ali para aproximar o espetáculo do público. Funcionou muitíssimo bem. O Ítalo esteve ótimo no papel-título. A Eva, esplêndida como Toinette, usando seus talentos de cômica e bailarina. Fregolente e Ary Fontoura, como pai e filho, eram hilariantes. Os demais: Jacqueline Lawrence, na esposa falsa; Luiz Armando Queiroz, no mocinho; Nildo Parente e todos os outros foram muito elogiados. Ganhei o prêmio Governador do Estado do Rio de Janeiro com este espetáculo.

Crimeterapia

Delivering Aunt Matilda

1973

Texto Dennis Wentworth (Edgar da Rocha Miranda)

Direção João Bethencourt

Com Iracema de Alencar, Mauro Mendonça, Beatriz Lyra, Martin Francisco, Roberto Pirillo, Cláudia Martins, Ênio Santos

Edgar da Rocha Miranda, romancista, poeta, teatrólogo, é bastante desconhecido do grande público, apesar de ter sido premiado e encenado nos Estados Unidos. Crimeterapia é uma peça despretensiosa, mas bem estruturada, que interessa ao público e mantém ótimo nível de suspense.

O Crime Roubado

1974

Texto e Direção João Bethencourt

Com André Villon, Yara Côrtes, Francisco Dantas, Léa Garcia, entre outros

Trata-se de uma comédia um pouco mais dramática do que a média das minhas peças. A ação se passa numa delegacia de polícia. Yara Côrtes fez a primeira delegada de polícia – até onde eu saiba – do teatro brasileiro. O Villon fazia um detetive maravilhoso. Terrível e cômico ao mesmo tempo. É dos atores que mais dirigi (7 peças), além de Jorge Dória (12), Milton Carneiro (7), Milton Moraes (4), Francisco Milani e Carvalhinho (6). Destaque-se, também, o excelente ator negro Procópio Mariano, que trabalhou em outras peças minhas e em filmes do Domingos Oliveira. A partir de uma situação forte – a morte de um preso por tortura – desenvolve-se uma trama com humor, ironia e paradoxo. Compus um samba para o espetáculo, que teve problemas com a censura, porque tinha um general em cena. Ficou três anos interditada.

A Venerável Madame Goneau

1974

Texto e Direção João Bethencourt

Com Milton Moraes, Rosamaria Murtinho, Ivan Cândido, Hildegard Angel, Françoise Fourton, entre outros

Bolei a trama num táxi de Copacabana ao centro, conversando com um grande amigo meu, o Luís Buarque de Hollanda. Inicialmente, chamava-se "A Messalina do 501". Quem rebatizou foi o Jorge Ayer, que era o produtor. É a história de um cara que viaja, fica ausente um mês, pega uma mulher lá fora e contrai gonorréia. De volta ao Rio, não consegue evitar e transa com a esposa. Depois, morre de medo de tê-la contaminado. Como os sintomas não se manifestam, ele fica perdido. Um amigo sugere que ela pode ter pego a doença com outro, enquanto o marido estava fora, e estar em tratamento sigiloso. Essa insinuação e algumas coincidências acabam enlouquecendo o marido, que vira um Otelo desenfreado.

André Villon e Yara Côrtez em O Crime Roubado

André Villon, Procópio Mariano, Ivan de Almeida, Luis Magnelli e Léa Garcia, em O Crime Roubado

A Gaiola das Loucas

La Cage aux Folles

1974

Texto Jean Poiret

Tradução e Direção João Bethencourt

Com Jorge Dória, Carvalhinho, Gésio Amadeu, Vânia Mello, Walter Magalhães, Suzy Arruda, Nélia Paula, Lady Francisco, César Montenegro, Haroldo de Oliveira, Maria Pompeu, entre outros

Dória se queixa até hoje que eu o maltratei nos ensaios. É que ele, no início, tinha dificuldade de desmunhecar. E aí eu desmunhecava; todo mundo desmunhecava; para mostrar que desmunhecar é só uma forma de linguagem, um comportamento. Tivemos ensaios engraçados e difíceis, ao mesmo tempo. Hoje em dia, que eu estou mais seguro e menos ansioso, depois de muitos anos de análise, acho que saberia lidar melhor com a situação. Naquela época, o conceito de que todos nós temos um lado feminino e um masculino não era tão difundido. Por isso, os valores eram mais rígidos. O Dória acabou superando suas dificuldades e a peça foi um dos maiores sucessos de várias temporadas. Cheguei a levar fotos da montagem ao autor, Jean Poiret, que fazia o mesmo papel do Dória na versão francesa original. Era um grande autor e ator, além de uma pessoa muito simples. Ficou encantado com as fotos e me levou para jantar no restaurante do Jean-Claude Brialy, em Île-de-France.

Bonifácio Bilhões

1975

Texto e Direção João Bethencourt

Com Armando Bogus, Hildegard Angel, Lima Duarte (elenco original)

Produzido por Egon Frank, foi imensamente bem recebido. O crítico de O Globo (Gilberto Braga) elogiou muito o texto e o espetáculo. Outros críticos foram menos entusiasmados. Era o auge das peças de protesto, e não perceberam que o bom teatro é sempre crítico.

Conta a história de um homem simpático, que dá palpites a alguém que conhece na loja de lotecas, um intelectual da classe média, Walter. O prêmio, se ocorrer, deverá ser dividido pelos dois. Acontece que o tal Walter ganha o prêmio máximo e quando o Bonifácio vem receber o dele, Walter nega a promessa que fez. Dirigi no Rio de Janeiro a primeira montagem. Depois, o Lima e o Bogus explodiram na televisão (na novela *Roque Santeiro*), e a remontaram em 87. Eu estava ocupado e não pude participar. Então, eles mesmos se dirigiram, quer dizer, o desenho de cena era todo meu. De novo, um grande sucesso. Foram até Portugal com a peça. Mais ou menos na mesma época, eu dirigi *Bonifácio Bilhões* na Holanda, a convite de Karl Guttman, diretor e produtor de *O Dia em que Raptaram o Papa* em Amsterdam. Foi engraçado dirigir numa língua que não dominava. Podiam estar representando outro texto que eu não saberia a diferença. Na Finlândia, a peça permaneceu dois anos em cartaz. Na Áustria, já teve três montagens diferentes. No Brasil, várias atrizes fizeram o papel da Alzirinha, além da Hildegard: Natália do Vale, Beatriz Lyra, Terezinha Sodré, Ana Luiza Folly, Karin Rodrigues, Lia Farrel, Kátia D´Angelo, Elizângela, Solange Badim.

Nos papéis masculinos, Rogério Cardoso, Francisco Milani, Jorge Dória, Benvindo Siqueira, Roberto Pirilo.

Feira do Adultério ou Como Cobiçar a Mulher do Próximo

1975

Texto João Bethencourt (*Curra na Secretaria de Educação*), Lauro César Muniz (*A Tuba*), Paulo Pontes e Armando Costa (*O Repouso do Guerreiro*), Bráulio Pedroso (*Deus nos Acuda*), Jô Soares (*Flagrante do Adultério*), Ziraldo (*Ejaculatio Praecox*)

Direção Jô Soares

Com Rosamaria Murtinho, Mauro Mendonça, Arlete Salles, Fúlvio Stefanini, Rubens de Falco, João Paulo Adour e – em substituições – Guilherme Correa, Suely Franco, Osmar Prado, Felipe Carone, Lúcio Mauro, Carvalhinho, Carlos Eduardo Dolabela, entre outros

A Curra na Secretaria de Educação foi publicada no *Livro de Cabeceira do Homem*. É a história de uma mulher que arma o maior banzé numa Secretaria de Educação, porque o Secretário transou com ela em troca da promessa de empregar-lhe o filho e, depois, não cumpriu. É como se fosse um conto do Bocage. A Rosamaria conhecia o texto e me pediu para fazer parte do espetáculo com os outros. Eu vi e achei muito engraçado, até pelo elenco estrelado por Jô Soares.

A Cantada Infalível

Système Ribadier

1975

Texto Georges Feydeau (em parceria com Hanequim)

Tradução e Direção João Bethencourt

Com Milton Carneiro, Suely Franco, Janine Carneiro, Francisco Milani, Luiz Magnelli, André Villon

É uma peça menor do Feydeau, mesmo assim, engraçadíssima. Um cidadão hipnotiza a mulher e sai atrás de aventuras. Enquanto isso, outro cidadão vem e dá em cima da mulher hipnotizada. Dirigo sempre com muito gosto o *vaudeville* como este. O bom *vaudeville* é sempre uma festa, uma ode à alegria e à vida.

Maria da Ponte

1975

Texto Guilherme Figueiredo

Direção João Bethencourt

Com Sandra Bréa, Leonardo Villar, Ivan de Almeida, Francisco Milani, Roberto Azevedo, Rafael de Carvalho, Mário Pariz, Otávio César

A peça no Teatro Municipal foi um acontecimento. A estréia aconteceu junto com uma entrega de prêmio, no qual fui contemplado como melhor diretor do ano. Gostava muito do Guilherme. Um ser inteligente, civilizado, engraçadíssimo. Maria da Ponte é uma peça dramática, mas que estabeleceu uma boa comunicação com o público.

A Cinderela do Petróleo

1976

Texto e Direção João Bethencourt

Com Norma Blum, Felipe Wagner, Milton Carneiro, Berta Loran, Ary Leite, Olney Cazarré, Ivan Senna, César Montenegro, Sílvia Martins (elenco RJ). Com Consuelo Leandro, Fúlvio Stefanini, Jussara Freire, Guilherme Correa, Bárbara Bruno, Jacques Lagoa, Kléber Afonso e João Marcos (elenco SP)

A ação desta peça coincide com a época do grande aumento do petróleo e do predomínio árabe. Numa fabulosa festa em Paris, uma francesinha perde o sapato e um *sheik* que se interessa por ela, fica com o sapato na mão. No dia seguinte, toda a diplomacia, de olho em fazer negócio com o *sheik,* sai em busca da dona do sapato.

O *sheik* é uma figura simpática e cômica. Foi um dos melhores papéis da carreira do Felipe Wagner. A Berta, no papel da mãe, ao ser chamada de *puta velha*, protestava: *Não me chame de velha!*

Camas Redondas, Casais Quadrados

Move Over Mrs. Markham

1977

Texto Ray Cooney e John Chapman

Tradução e Direção João Bethencourt

Com Felipe Carone, Carlos Leite, Wanda Lacerda, Berta Loran, Lúcio Mauro, Anilza Leone, Fernando José, Alcione Mazzeo, Gina Teixeira

Trata-se de uma pequena obra-prima de um gênero habitual inglês: a farsa. O qüiproquó das falsas identidades exige criatividade cômica de seus autores. Não basta tornar plausíveis as situações. É preciso que os personagens tenham reações e as pontuações cômicas psicologicamente certas, nos momentos exatos. Quem deu o título em português foi o Jorge Ayer, produtor, que era muito bom de título. Foi remontada várias vezes ao longo da década de 80. Muitos atores passaram por essas *Camas*: Jussara Freire, Francarlos Reis, Marco Nanini, Ana Rosa, Guilherme Correa, Sérgio Mamberti, Maria Luiza Castelli, Jonas Bloch, Ângela Vieira, Emiliano Queiroz, entre outros.

Sodoma e Gomorra, O Último a Sair Apaga a Luz

1977

Texto e Direção João Bethencourt

Com Suely Franco, Milton Moraes, André Villon, Jorge Dória, Íris Bruzzi, Procópio Mariano

Esta comédia é inspirada numa famosa passagem da Bíblia em que se profetiza uma terrível desgraça para a cidade do pecado: Sodoma.

Um profeta, com cajado e tudo – feito pelo André Villon –, chega a Sodoma e anuncia ao secretário de Cultura, interpretado pelo Dória, que o mundo vai acabar. O secretário, que tivera um dia hediondo, cheio de problemas, diz: *É a primeira notícia boa que recebo hoje*. Em seguida, o Dória, com aquela proverbial capacidade de improvisar, olhou para o cajado e disse: *O senhor tem um cajado enorme*. E o Villon, na hora, rebateu: *É de família*. Lá pelas tantas, tem uma festa, com uma lauta mesa de doces, e o Dória inventou de dizer: *Hoje, vou comer um brigadeiro*. A platéia estava cheia de militares, que não acharam a menor graça. Resultado: a peça foi suspensa por duas semanas. Mesmo assim, ou talvez por isso mesmo, *Sodoma* foi um enorme sucesso e recuperou as finanças do teatro Mesbla.

Lá em Casa é Tudo Doido

1978

Texto e Direção João Bethencourt

Com Milton Carneiro, Heloísa Mafalda, Rogério Cardoso, Estelita Bell, Lúcia Maria Accioly, João Marcos Fuentes, Jacques Lagoa e César Montenegro.

Certa vez, o Paulo Francis telefonou para o Odylo Costa Filho, redator-chefe da revista *Senhor*, e perguntou: *Odylo, será que você pode me dizer quem sou eu?* Aí, o Odylo pensou, pensou e...: *Você deve ser o Paulo Francis*. E o Paulo: *Pô, é isso mesmo, muito obrigado.* Ele tinha esquecido o próprio nome! Esta situação cômico-absurda inspirou-me na criação de uma família meio doida.

Tem o personagem do filho, que, no início da ação, está saindo, com máscara de meia na cara, para assaltar uma padaria. Aí, o pai lhe diz: *Padaria não tem dinheiro. Por que você não assalta banco?* E o rapaz, enfezado: *Porque eu gosto de assaltar padaria, pomba*.

O difícil foi amarrar as muitas situações absurdas. Cada elemento da família com uma idiossincrasia diferente. O primeiro ato funciona muito bem. O segundo, pretendo reescrevê-lo um dia.

Considero uma das minhas melhores peças, mas não foi um grande sucesso na época. A peça mostrava o medo da classe média de ficar pobre. As pessoas bem vestidas iam ao teatro Copacabana e não gostavam de ver no palco o seu pior pesadelo.

Heloísa Mafalda, César Montenegro, Estelita Bell, Milton Carneiro, Lúcia Accioly, Jaques Lagoa em Lá em Casa é Tudo Doido

Tem um Psicanalista na Nossa Cama

1978

Texto e Direção João Bethencourt

Com Felipe Wagner, Suely Franco, Nélson Caruso (elenco original) e – em demais remontagens – Rogério Fabiano, Roberto Pirillo, Ângela Vieira, Débora Duarte, Irene Ravache, Fúlvio Stefanini, Paulo Villaça, Miriam Mehler, Serafim Gonzales, Ênio Gonçalves, Maria Helena Dias, Roberto Battaglin, Felipe Camargo, entre outros

Escrevi de encomenda para a Fernanda (Montenegro), mas ela acabou não encenando. É a história de uma mulher casada com um marido machista e bem-sucedido, por quem se sente esmagada. Resolve, então, fazer análise. Inicialmente, a peça chamava-se *Dolores, Três Vezes por Semana*, o que causou grande confusão. O público ligava para o teatro para saber se a peça era apresentada às segundas, quartas e sextas ou às terças, quintas e sábados. Saímos do teatro Serrador, mudamos o título – quem rebatizou foi o Dória – e a peça tornou-se um sucesso. Volta e meia é encenada. Em São Paulo, foi um delírio com a Irene Ravache e o Fúlvio Stefanini. Foi levada como peça radiofônica numa estação de rádio da Basiléia. Recentemente, foi remontada em São Paulo e no Rio.

Cartaz de Tem um Psicanalista na Nossa Cama

Jorge Dória e Margot Mello em O Senhor é Quem?

Como Testar a Fidelidade das Mulheres

1979

Texto e Direção João Bethencourt

Com Rogério Fróes, Arlete Salles, Carvalhinho, Élcio Romar, Camilo Bevilacqua, entre outros

Acreditando-se enganado pela mulher, um industrial italiano decide aplicar o *Teste de Corniggio*, que vem a ser: o marido abster-se de ter relações sexuais para ver se a esposa corre para os braços de outro. O confessor dos cônjuges, frei Giuseppe, sabe de tudo, mas não pode abrir o bico, pois é impedido pela ética do confessionário. A ação se passa na Sicília.

Festival de Ladrões

1979

Texto e Direção João Bethencourt

Com Milton Moraes, Alberto Perez, André Villon, Tânia Scher

Gostava da peça, mas não ficou como esperava, apesar de ter escalado atores excelentes. A peça passa-se em Londres. Trata-se de um gerente de banco que, por problemas burocráticos, ao encerrar o expediente para o fim-de-semana, fica com 600.000 libras fora de caixa. Honestíssimo, leva o dinheiro para o cofre de casa, a fim de devolvê-lo na segunda-feira. Na mesma noite, o banco é assaltado, o cofre é aberto, e as pessoas passam a acreditar que o dinheiro está com o ladrão, inclusive a máfia, que contratou o marginal.

Faltou um bom desfecho. Talvez ainda reescreva esta peça um dia.

O Sr. é Quem?

1980

Texto e Direção João Bethencourt

Com Jorge Dória, Margot Mello, Élcio Romar (Carvalhinho, em substituição), Nádia Maria, entre outros

Fulano acorda num apartamento vazio que não conhece. Não lembra como foi parar ali. Aliás, nem de seu nome ele se lembra. Escrevi de encomenda para o Dória. Jamais encontrei para esta peça o desfecho que me satisfizesse. Usamos um monólogo inventado pelo Jorge, que era muito divertido, mas não era um fecho bom. Finalmente, em 2005, reescrevendo a peça, descobri um final melhor, que o Jorge resolveu encenar.

A Culpa é do Padre

Texto João Bethencourt

Numa cidade do interior, Padre Firmino é ameaçado de morte por Zebedeu, pai de 5 crianças, que culpa o pároco por incentivar a mulher a não usar métodos contraceptivos que vão contra o dogma religioso. O título desta peça em um ato é *Planejamento Familiar*. Os produtores que inventaram outro trituto. Foi publicada na revista *d´O Tablado*, e foi encenada várias vezes. A peça tem três atores, um só cenário e é muito engraçada. São atributos que facilitam sua encenação.

Quem Gosta Demais de Sexo, Morre Fazendo Amor

A Vos Souhaits

1981

Texto Pierre Chesnot

Tradução e Direção João Bethencourt

Com Francisco Milani, Carvalhinho, José Santa Cruz, Martha Anderson, Arthur Costa Filho, César Montenegro e Margot Mello.

Uma comédia de boulevard típica. Um milionário morre, e todo mundo passa a disputar a herança que deixou. Havia um pouco de sexo na trama, mas, não como o título sugeria. O público achava que era uma peça para justificar o título. Acabamos por mudar para *O Espirro Milionário*. Cortei um pouco do original, excessivamente verboso. Nosso público é mais próximo do americano: prefere o diálogo curto, incisivo. O público francês aceita melhor um texto não diretamente ligado à ação. O espetáculo ficou divertido e tornou-se um sucesso.

Viva sem Medo suas Fantasias Sexuais

My Husband´s Wild Desires Almost Drove me Mad

1981

Texto John Tobias

Tradução João Bethencourt

Direção José Renato

Com Pepita Rodrigues, Carlos Eduardo Dolabella, Cláudio Correa e Castro, Felipe Carone (elenco RJ); Miriam Mehler, Emiliano Queiroz, Sérgio Mamberti; Hélio Souto, Marcos Caruso, Guilherme Correa (elenco SP)

Trata-se de uma das melhores comédias do autor americano John Tobias. Foi levada em muitos países fora dos Estados Unidos. É uma trama ótima, que conta as aventuras de um marido que, de dentro de um armário, vigia os encontros de sua esposa com outros homens. Mexi um pouco no desfecho. O autor gostou. Ficamos amigos.

O Dia em que o Alfredo Virou a Mão

1983

Texto e Direção João Bethencourt

Com Cláudio Correa e Castro, Arthur Costa Filho, Magalhães Graça, Leonardo José, Thelma Reston, Alexandre Marques, Elisângela, Margot Mello, Vera Holtz e José Santa Cruz.

Esta peça fez sucesso no Brasil e em Portugal com o título de *Fininho, mas Jeitosinho*. Alfredo é um personagem tímido, dono de uma empresa, mas todo mundo manda nele. O médico a quem consulta prescreve-lhe uma forma muito peculiar de reagir, para o bem de sua saúde. Na cena seguinte, quando um contador começa a esculhambá-lo, ele diz: *Sabe que o senhor tem um cabelo bonito?*. Aí o cara, que era feito pelo excelente Magalhães Graça, começa a ficar apavorado. Ou seja, Alfredo, para encontrar sua virilidade, finge-se de homossexual. As pessoas têm tanto medo do homossexualismo que, de repente, isso dá ao protagonista uma força e uma superioridade.

Brejnev Janta o seu Alfaiate

1984

Texto João Bethencourt

Direção José Renato

Com Cláudio Correa e Castro, Dirce Migliaccio, Felipe Wagner, Rogério Cardoso, Arthur Costa Filho

Leonid Brezhnev, o homem mais poderoso da então URSS, recebe a visita da Morte. Surpreendido porque contava com mais alguns anos de vida, negocia com ela. A trama é interessante, mas o público não se sentiu atraído por uma trama passada no Kremlin. Eu aproveitei o mesmo tema num romance meu: *O Homem que Pagou a Dívida Externa do Brasil*.

A Divina Sarah

Sarah ou Le Cri de la Langouste

1984

Texto John Muriel

Tradução e Direção João Bethencourt

Com Tônia Carrero e Cecil Thiré

Eu vi Sarah em Paris, com a Delphine Seyrig e o Georges Wilson, gostei muito, e adquiri os direitos por meio de um agente literário em Nova Iorque. Um belo dia, estou no Yale Club – onde, geralmente, me hospedo – e a Tônia (Carrero) me liga querendo checar se eu tinha os direitos. Eu disse que sim, e ela se ofereceu para produzirmos a peça. Trata-se dos últimos dias da atriz Sarah Bernhardt e sua convivência com um secretário meio cômico. O Cecil (Thiré) fazia o papel extremamente bem. Ele é um dos sujeitos mais corretos do teatro brasileiro. A Tônia estava excelente, como de hábito. Grande sucesso, que recordo com carinho.

Mulher, Melhor Investimento

Run for Your Wife

1985

Texto Ray Cooney

Tradução João Bethencourt

Direção José Renato

Com Maria Ferreira, Wanda Stefânia, Francarlos Reis, Rildo Gonçalves, Jacques Lagoa (elenco SP); Maria Isabel de Lizandra, Cristina Mullins, Otávio Augusto, Ivan Cândido, Rogério Cardoso, Amândio, Nélson Wagner, Waldir Amâncio (elenco RJ)

É, talvez, a melhor comédia do genial Ray Cooney. Taxista bígamo, ora ele visita uma mulher, ora outra, em horários mais ou menos calculados. Até o dia em que sofre um acidente de carro, que atrapalha o esquema, dando início às confusões. Ray Cooney é um dos renovadores da comédia inglesa; um mestre da farsa.

Remontei-a, em 1999, com o Osmar Prado. Mudamos o título para *Um Maridão na Contramão*. Resultou, de novo, num espetáculo hilariante.

Avesso do Avesso
Noises off

1985

Texto Michael Frayn

Tradução João Bethencourt

Direção José Renato

Com Sandra Bréa, Magalhães Graça, Priscila Camargo, Sônia Guedes, Ewerton de Castro, Marcos Caruso, Nina de Pádua, Jacques Lagoa, José Santa Cruz, Hélio Ary

Traduzi, com muito prazer, esta curiosa comédia de um dos dramaturgos ingleses mais bem-sucedidos do nosso tempo.

É uma peça sobre um grupo de atores. No primeiro ato, o público assiste à *peça dentro da peça*, que a trupe está representando. No segundo, gira-se o cenário, e a platéia passa a acompanhar o mesmo desenrolar, com o entra-e-sai dos atores, só que visto dos bastidores. No terceiro, é uma confusão só. Tudo dá errado, e o público se escangalha de rir. Na temporada carioca, houve um episódio curioso. Um belo dia, uma mulher invadiu os camarins e roubou os figurinos. Foi no teatro da Praia e, minutos antes da sessão, estavam todos na 13ª DP registrando a queixa. Dias depois, *tète-à-tête* com a ladra, Sandra (Bréa) exigia seu vestido de seda de volta. Acho que conseguiu.

Lily e Lily

Lily et Lily

1986

Texto Pierre Barrilet e Jean-Pierre Grédy

Tradução e Direção João Bethencourt

Com Eva Todor, Hélio Ary, Milton Carneiro, Ida Gomes, Nina de Pádua, César Montenegro, David Pinheiro e Alexandre Marques

Uma das últimas produções do saudoso Oscar Ornstein, produtor genial, grande amigo, homem de enorme charme, que foi, durante anos, o braço direito do Otávio Guinle no Copacabana Palace. Ali, hospedou algumas das maiores personalidades de sua época. A Eva Todor, maravilhosa, deu vida às duas personagens gêmeas com a sua conhecida verve cômica.

Hélio Ary, Eva Todor e Milton Carneiro em Lily e Lily

DER PATER MIT DEM COLT

Deutschsprachige Erstaufführung

Komödie von
Joao Bethencourt

Pater Zeferino kämpft um das Überleben seiner Gemeinde in den Elendsvierteln Brasiliens. Da erscheint Felix. Ein Dieb.

Er bittet um den Segen für seinen nächsten Überfall. Kann Zeferino der Versuchung wiederstehen? Geplagt von Gewissensbissen stellt sich dem Pater die Frage, Leben retten oder den Herren beleidigen?

Ein Stück über Gier in einer Zeit verloren gegangenen Glaubens. ein moderner Don Camillo, im Kampf gegen Armut und Ungerechtigkeit...

über den Autor:
Joao Bethencourt geb. 1933 in Brasilien

Studierte Theaterwissenschaften an der Universität in Yale. Nach seinem Doktorrat kehrte er nach Brasilien zurück und wirkt dort als Journalist und Bühnenautor. Er gilt als der erfolgreichste Autor Süd Amerikas. Joao Bethencourt ist verhairatet und hat zwei Kinder, die er sehr liebt und deshalb vom Theater fern hält...

...ins Deutsche übertragen von Adolf Opel

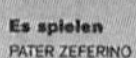
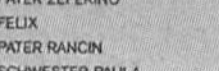

Es spielen

PATER ZEFERINO	Cristo Melingo
FELIX	Steffen Höld
PATER RANCIN	Horst Schily
SCHWESTER PAULA	Anita Gramser
GLORIA	Mareike Sedl
JESUS	Christian Strasser
PATER IGNACIO	Michael Reiter

Produktionsteam

REGIE	Hakon Hirzenberger
BÜHNE	Monika Rovan
KOSTÜME	Doris Homolka
MUSIK	Wolfgang Peidelstein
LICHTDESIGN	Gerald Kurowski
REGIEASSISTENZ	Dominik Herout
TECHNIK/BÜHNENBAU	Matthias Holzmüller
	Camillo Schmölzer
TECHN. ABENDDIENST	Trittner / Vogel-Prohaska
FOTOS/LAYOUT	Reinhold Hartl-Gobl
EIGENPRODUKTION	Wald4tler Hoftheater
AUFFÜHRUNGSRECHTE	Kaiser Verlag, Wien

Premiere 9. Juli 2004

WEITERE TERMINE 2004

JULI	10., 11., 12., 13., 14., 15., 16., 17.
AUGUST	3., 4., 5., 6., 7., 8., 9., 10.
NOVEMBER	6., 7., 10., 11., 12., 13.
DAUER	ca. 90 Minuten – keine Pause

Programa de O Padre Assaltante, *na Áustria*

O Amante Descartável

L´Amuse-gueule

1987

Texto Gerard Lauzier

Tradução e Direção João Bethencourt

Com Sônia Lima, Jacques Lagoa, Clarice Derziê, Sebastião Campos, Abrahão Farc, Marcelo Escorel, Renato Master, Eduardo Silva, Cristina Ribeiro (elenco SP); Pedro Paulo Rangel, Rogério Froes, Nina de Pádua, Cláudia Alencar, Daúde, César Montenegro, David Pinheiro, Dennis Perrier, Alexandre Marques (elenco RJ)

Uma excelente comédia do cartunista e cineasta Gérard Lauzier. Viveu um tempão no Brasil; fala, fluentemente, português; e somos amigos há muitos anos. Obteve extraordinário sucesso em Paris, estrelado pelo Daniel Auteuil. Produzido por Oscar Ornstein, no Copacabana Palace, também agradou enormemente. Gérard veio assistir e achou que era melhor do que a versão francesa. Eu disse: *Gérard, não pode ser porque eu fiz questão de que a montagem aqui fosse igual à original*. Mas ele não acreditou. Foi encenada, também, em São Paulo, por Ary Toledo, com Jacques Lagoa no papel que foi do Pepê (Pedro Paulo Rangel).

O Padre Assaltante

1988

Texto e Direção João Bethencourt

Com Milton Carneiro, Guilherme Correa, Alexandre Marquez, Cristina Bethencourt, Margot Mello, Mauro Ramos, Ivo Fernandes, Alexandre Zachia

Tirou o primeiro lugar no Concurso de Dramaturgia da FUNDACEN. Pela primeira vez, uma comédia era premiada neste concurso. O preconceito contra o gênero da comédia é tal, que na capa do livro que publicou as três peças vencedoras, a peça que tirou em segundo lugar vem em primeiro. E, em nenhum momento, fica claro que a minha peça foi a vencedora. Chegou a ser encenada na Bélgica e na Áustria.

Cartaz de O Padre Assaltante, *na Bélgica*

Maria Izabel de Lizandra e Bemvindo Siqueira em Sigilo Bancário

Sigilo Bancário

1989

Texto João Bethencourt

Direção José Renato

Com, Sérgio Mamberti, Antônio Petrim, Francarlos Reis, Márcia Maria, Katita Soares, Noemi Gerbelli, Danúbia Machado, Luiz Serra, Ricardo Petini (elenco SP); Bemvindo Sequeira, Francisco Milani, Maria Isabel de Lizandra, Carmem Figueira, Margot Mello (elenco RJ)

É uma peça encomendada por um amigo meu. Ele queria que eu fizesse uma peça-panfleto, só que eu não sei escrever peças-panfleto e escrevi à minha maneira, acrescentando boas doses de humor. A história original não é nada engraçada. Talvez por isso nunca tenha feito muito sucesso, nem em São Paulo, nem no Rio, onde foi apresentada com o nome de *Dólar, I Love You*. Esse meu amigo foi roubado pelo funcionário de um banco suíço em 20 milhões de dólares e processou o banco. Deu-me bastante trabalho escrever esta peça. Eu fui a Suíça; conversei com três advogados; pesquisei um bocado.

Astro por um Dia

1993

Texto e Direção João Bethencourt

Com Carvalhinho, Suely Franco, Rogério Fabiano (elenco original); Flávio Migliaccio, Dirce Migliaccio, Cristina Bethencourt, Luciano Borges (elenco remontagem 2002)

É a história de um garçom, que quer fazer teste para ator, e tem um dia para aprender teatro com o famoso Paulo Gracindo. Acaba na casa de um ator falido que, mediante mil dólares, assume a farsa de ser o Paulo Gracindo. Eu tenho uma tese: toda carreira é o resultado do talento do artista e da capacidade de administrar este talento. Esta tese tem origem mais profunda em *Astro por um Dia*, em que eu homenageei o Paulo Gracindo, de quem fui amigo. Um grande ator de talento, com incrível capacidade de administrá-lo.

Programa de Astro por um Dia

Cristina Bethencourt em O Avarento

Papo de Anjo

1995

Texto e Direção João Bethencourt

Com Bemvindo Sequeira, Ílvio Amaral, Ivan Senna, Cristina Bethencourt

É inspirada num cronista social, que teve um problema ligado a drogas. Na trama, o cronista faz uma piada com um importante vendedor de drogas de Brasília. Ele sabe que, depois disso, está ferrado. Então, o advogado dele, que é meio malandro, sugere que ele *morra*, isto é, simule a própria morte. Na primeira montagem, o texto não estava maduro. Depois, reescrevi e acredito que, agora, tenha melhores chaves de humor.

As Malandragens de Scapino

Les Fouberies de Scapin

1996

Texto Molière

Tradução Carlos Drummond de Andrade

Direção João Bethencourt

Com Gláucia Rodrigues, André Mattos, Cláudia Vieira, Cristina Bethencourt, Edmundo Lippi, Ely Ortega, Gláucio Gomes, Gustavo Ottoni, Márcio Riccardi.

O grupo Limite 151 quis montar o *Scapino* com a Gláucia (Rodrigues) no papel-título. Eu aceitei dirigir o espetáculo com a condição de sentir que ela poderia fazer bem o personagem. Ela topou o desafio, trabalhou que nem um mouro e saiu-se muito bem, merecendo até um elogio da Bárbara Heliodora.

O Avarento

L`Avare

1999

Texto Molière

Tradução e Direção João Bethencourt

Com Jorge Dória, Jacqueline Lawrence, Henrique César, Gláucia Rodrigues, Márcio Ricciardi, Janaína de Prado, Edmundo Lippi

Tive muito gosto em traduzir e dirigir *O Avarento*, um dos textos mais populares do Molière. Tive que cortar algumas coisas, mas o resultado fez muito público. O Dória fez, nesta montagem, uma das suas criações mais felizes. Foi a nossa 12ª peça juntos. Um mega-sucesso. Ficou 5 anos em cartaz.

Jorge Maurício, Ida Gomes, Nilvan Santos, Jorge Dória, Fernando Cardoso, Cristina Bethencourt, Pietro Mário, Edmundo Lippi e Janaína Prado em O Avarento

O Santo e o Bicheiro

2001

Texto e Direção João Bethencourt

Com Bemvindo Siqueira, Rosane Gofman, Monique Lafond, Pietro Mário, Ana Jansen

Como quase sempre, eu parti de um paradoxo sobre o qual repousa a história da peça. Neste caso, compromete um funcionário público aposentado e um bicheiro que trocam de identidade. Bemvindo fez muito bem os dois papéis. Seu hábito de colocar *cacos* prejudicou-o perante o produtor (Edmundo Lippi), e a peça não ficou mais que 6 meses em cartaz, no teatro dos Grandes Atores. Minha tendência, depois de dirigir tantas peças, é permitir certos *cacos* em comédia. O difícil é limitar. Você coloca uma peça no mundo, ela é como um filho: pode casar mal, virar homossexual, o que for. Não é mais teu. Agora, se você é um Arthur Miller, que escreve com um rigor dramático, aí, não pode. Não se pode botar piadinha em *As Feiticeiras de Salém*. Mas comédia é diferente. Comédia é um gênero mais aberto do que o drama.

Ladrão em Noite de Chuva

2005

Texto Millôr Fernandes

Direção João Bethencourt

Com Cecil Thiré, André Valli, Rosane Gofman, Nilvan Santos

É um excelente texto do Millôr, levemente literário, mas muito engraçado. Millôr é um grande comediógrafo. O desfecho era adequado ao final meio pessimista dos anos 50, mas não tanto aos dias de hoje. Mudei-o, e o Millôr concordou. Recebemos da Bárbara (Heliodora) uma crítica extremamente elogiosa.

O Aposentado Adolescente

2005

Texto Paulo Graça Couto

Direção João Bethencourt

Com Bemvindo Sequeira, Suely Franco, Cristina Bethencourt, Élcio Romar, Antônio Fragoso, entre outros

O Paulo foi meu aluno num curso de dramaturgia que eu dei na Sbat. Tinha mais de 50 e nunca havia escrito para teatro. Tivemos boa afinidade, um tipo de humor parecido que brotou rapidamente entre nós. Um belo dia, quase 2 anos depois de terminado o curso, ele bateu na minha casa com um texto e disse que queria que eu dirigisse. Li o texto e disse que do jeito que estava, não dava pé. Tinha monólogos imensos do protagonista falando diretamente à platéia e vi de cara que aquilo não funcionaria. E o final era aberto, interativo, cabendo ao espectador decidir que rumo a trama deveria tomar. Outra idéia ruim, que quebra a dramaturgia e põe no ator a responsabilidade de ser um *showman* maior que o próprio texto. Topou reescrever. Ele me mandava o texto e, durante um ano e meio, a gente bateu bola. Ele teve a paciência e a tenacidade de reescrever 400 vezes. Correu atrás de patrocínio e eu reuni antigos colaboradores da melhor qualidade: Aurélio de Simoni na iluminação, José Dias para o cenário, Rosa Magalhães nos figurinos, Charles Khan na trilha sonora, Tiago Moreno como produtor-executivo. Depois disso, escreveu outra peça, em tons mais dramáticos. Como diretor, tenho o hábito de acompanhar a carreira de um espetáculo. No *Aposentado...*, por exemplo, ia duas vezes por semana ao teatro. Primeiro, porque eu gosto; segundo, porque segura a peça. Na Broadway, um assistente é pago para acompanhar todas as sessões e fazer observações aos atores.

Cinema e Televisão

Trabalhei bastante nesta área.

Com Arne Sucksdorff, sueco que ganhou o Oscar de melhor documentário, fiz um curso de cinema no qual todo o pessoal do Cinema Novo era meu colega. Ao final, o Arne fez um concurso de roteiros, e o meu ficou em primeiro lugar. Assim, começou a nossa amizade. Escrevi o roteiro e os diálogos dos filmes *Fábula* (1962) e *Meu Lar em Copacabana* (1965), com o Flávio e a Dirce Migliaccio.

Fiz, também, os diálogos de *Os Vencidos* (1963) e *Um Ramo para Luíza* (1965), de Glauro Couto e J.B.Tanko, respectivamente. O primeiro tinha no elenco, Jorge Dória, Mercedes Batista, Nestor de Montemar, entre outros; o segundo, Lúcia Alves, Cláudio Cavalcanti, Magalhães Graça e Darlene Glória.

Enfim Sós... Com o Outro (1968), dirigido pelo Wilson Silva, teve roteiro e diálogos meus, e contava com Augusto César Vanucci, Rossana Ghessa, Emiliano Queiroz e Grande Otelo no elenco.

Missão Matar (1972), baseado no original do Robert L. Fish, traduzi e roteirizei. Acabou ficando meu amigo, e verteu *O Dia em que Raptaram o Papa* para o inglês: *The Day they Kidnapped the Pope*. O filme foi estrelado pelo Tarcísio Meira.

A Viúva Virgem (1972) é um argumento do Pedro Rovai, que, deu a história para mim, e depois para mais 800 autores – Armando Costa, Cecil Thiré, André José Adler. É uma história divertida, e reuniu um elenco fabuloso: Adriana Prieto, Jardel Filho, José Lewgoy, Wilson Grey, Henriqueta Brieba, Darlene Glória.

Para a TV Continental, adaptei e dirigi uma peça irlandesa de JM Synge, *A Sombra do Desfiladeiro*.

Chefiei a equipe de criação de *A Barca*, o primeiro programa de humor que a Globo ia apresentar, num tempo em que não existia nem Boni. A idéia é que tudo se desenrolasse na barca da Cantareira, mas o programa acabou não saindo.

Voltei para a Globo, convidado por Augusto César Vanucci, na linha de shows. Lembro, com especial carinho, da série *Aplauso*, adaptação de peças literárias para o formato de especial de TV. Escrevi muitos esquetes para o Agildo (Ribeiro) e também adaptei a minissérie *La Mamma* (1990), com Dercy Gonçalves, Cláudio Correa e Castro, Cristina Bethencourt, Amândio, Ilka Soares e Hélio Souto, entre outros.

Pensatas de João Bethencourt

A nossa insegurança não é resolvida pelo dinheiro, nem pelo sucesso. E sim, quando você atinge uma maturidade interior. Estou caminhando para isso, ainda não cheguei lá.

Com o amadurecimento, a pessoa chega a algumas conclusões que esses caras mais sábios chegam mais depressa. Uma delas é que existe uma Ética, que não tem nada que ver com Justiça, e que existe a conseqüência de tudo o que você faz, de bom ou de ruim. E de tudo que te fazem. Então, não pense que o cara que fez uma sacanagem, não vai pagar. Só que ele não sabe como; e, quando ele paga, não sabe porque; e se considera putamente injustiçado. Sem se lembrar que, quinze anos antes, ele fez uma sacanagem, pela qual ele paga agora. Nos dias em que os caras começarem a perceber isso, o mundo melhora.

O universo é ético.

Acredito, francamente, que não estamos aqui por acaso; que a nossa vida tem uma finalidade. Não excluo a possibilidade de que tenhamos uma alma que, talvez, assuma vários corpos para se aperfeiçoar espiritualmente. Essa minha crença, é, relativamente, recente. Ela vem vindo, nos últimos 10, 12 anos.

Oficialmente, sou católico; fui educado no São Bento; meus filhos foram batizados. Enfim, tenho simpatia pela religião católica, apesar das grandes deturpações que ela professa em nome da fé.

A realidade é a ficção de Deus.

A sua única salvação é ser você mesmo, com todos os seus defeitos e as suas qualidades. Porque se você deixa de ser você, o que sobra?

Se Offenbach quisesse ser Bach, ele não seria nem Offenbach.

Escrever é assim: ou você tem uma sucessão de estados criativos ou tem um estado criativo longo, que consegue sustentar-se na criação de uma peça inteira. Na verdade, são estados de total descontração. Quando você está solto, o inconsciente sobe e te dá coisas ricas.

O texto é o ovo. O espetáculo, o ser vivo que nasce deste ovo. Neste parto, o diretor tem que estar presente. O fato de ser também o autor me facilita, porque levo ao diretor um trabalho de digestão pronto.

O diretor João Bethencourt é escravo do autor João Bethencourt. É muito mal pago, mas serve com a maior boa vontade possível.

Hoje em dia, não é preciso saber escrever. É preciso saber captar patrocínio. Aí, você pega e monta até a lista telefônica.

A linguagem de hoje não é a da palavra, e sim, da imagem. E a cultura da imagem não precisa de cultura. Basta que se tenha dois olhos. Ou, talvez, um só.

Quase todo humorista é um pessimista. É natural que seja assim. O humorista vive do defeito e no meio dos defeitos dos homens, assim como o médico, no meio da doença. E, como o médico, que depois de algum tempo, não consegue falar senão de enfermidades, o humorista igualmente só vê o que o mundo lhe oferece em termos de contradição, de proposições absurdas, de pequenas e grandes contradições.

É, talvez, por isso que o artista mergulha com a máxima facilidade no mar dos maiores problemas emocionais e nada no meio deles como um garoto de Ipanema fazendo surf. E volta enxuto, lindo e bronzeado, como se esta ração diária de desgraças e comédias o estimulasse a prosseguir na sua estável instabilidade.

Fazer teatro não é opção, é fatalidade. Não há um de nós que não tenha pensado em desistir. (...) Servimos a dois patrões – o público, tão variável no seu gosto quanto nós nos nossos humores – e a crítica e os burocratas da cultura, que têm uma imagem estabelecida do que a KULTURA deva ser e não perdoam quando deles discordamos.

É lógico que gostaria que as minhas peças sobrevivessem até 2015. (dito em 1981)

Eu faço o máximo para me esconder. Não faço questão de ser reconhecido na rua. Há uma tese de que eu seja tímido. É que eu nunca sei o que fazer quando as pessoas ficam me olhando como se eu fosse um bezerro. Definitivamente, não me sinto bem com a fama.

Sempre que você for endeusado, desconfie, porque, em geral, atrás disso vem um golpe.

O mundo se divide em dois hemisférios: um é o da apreciação intelectual e o do prêmio, o outro é o do sucesso popular. Transitei pelos dois.

Dizem que o cara mais feliz do teatro foi Sófocles, que viveu até 90 anos, só escreveu sucessos, era um ótimo dançarino e admirado por todos.

Sabe que prêmios eu daria? Primeiro, ao espetáculo que mais trouxe público ao teatro; segundo, ao ator, autor e diretor que melhor se comunicou com a platéia; terceiro, ao produtor que melhor conseguiu sustentar, por mais tempo, sua peça em cartaz.

CAIXA
CAIXA ECONÔMICA FEDERAL
PROJETO NACIONAL DE ARTES CÊNICAS
FAZENDA DA ARTE PRODUÇÕES ARTÍSTICAS
Ana Maria Repetto, André Mattos, Andrea Cals, Charles Kahn, Cristina Leite, Débora Lamm, Esme de Souza, Guilherme Hermolin, João Bethencourt, Jorge Cardoso, José Dias, Luiz Eduardo Machado, Mauricio Grecco, Miguel Rezende, Oswaldo Loureiro e Roberta Repetto
convidam para o espetáculo

como matar um Playboy

12 de DEZEMBRO de 1998 às 21:30h
(Troque, com antecedência, na bilheteria por dois ingressos.)
TEATRO DO BARRASHOPPING
tel: 431 9696 - 431 9721

WERNER

Programação Visual Maurício Grecco

Espetáculo parcialmente financiado pelo Ministério da Cultura / Fundo Nacional de Cultura *e patrocinado pela* Caixa Econômica Federal

Convite de Como Matar um Playboy

José Santa Cruz, Margot Mello, Jorge Dória e Carvalhinho em O Senhor é Quem?

Depoimento Margot Mello
Uma prova de amor

Conheci o João em 1959. Sempre gostei de teatro. Ia a peças na Maison de France, no Copacabana Palace; via as produções da Tônia (Carrero); da Fernanda (Montenegro); da Eva (Todor). Lembro, por exemplo, de *Timbira*, que a Eva levou na companhia dela. Era ótima.

Como sou sobrinha do Nildo Parente que, naquele tempo, era ator, um dia, eu disse para ele: *Nildo, quando você tiver uma pontinha, me chama.* Aquela coisa assim, da boca para fora. E não é que ele arranjou um teste para eu fazer? Aí, eu disse que não queria ir. *Ah, você vai, sim, porque o homem é um diretor muito sério, eu já falei que a minha sobrinha quer fazer teatro, e ele vai te fazer um teste*.

Aí, eu tive que ir. Fazer o quê? Fui com a minha irmã, Vânia. Eles ensaiavam num colégio em Botafogo – Santa Rosa de Lima –, e cada pai que chegava para buscar os filhos, a Vânia e eu achávamos que era o João. Até que chegou o João verdadeiro, e a gente achou que era algum pai.

Lembro que ele chegou de jipe.

Como eu nunca tinha feito nada, estava morta de vergonha de subir no palco. Mas, não é que eu fui aprovada? A peça era *As Provas de Amor*, que tinha sido encenada em São Paulo, e o João estava remontando.

Era um papel pequeno, de uma secretária, Clotilde, mas, depois, cheguei a substituir, temporariamente, a Maria Luísa Maranhão, que ficou doente, num papel maior.

A gente ensaiava à beça. Até a estréia, foram 4 meses, de maio a setembro.

Um dia, convidei minha prima para assistir ao ensaio. Quando o João soube, não teve dúvida: *Olha aqui, eu detesto gente estranha nos ensaios. Se você quiser, pode ir embora com a sua prima, nem precisa ensaiar*. (Comentário de João: *Sabe como é, eu tinha recém-chegado de Yale. Lá, nos Estados Unidos, eles são rigorosos com esses troços. Se você convida alguém das tuas relações para assistir a um ensaio, o cara acha que você está delirando de febre amarela*).

Um dia, depois do ensaio, o João me convidou para tomar um *milk-shake*. Mas a gente só foi começar a namorar meses depois, numa festa. Sabe como é, esse povo de teatro amador: é festa aqui, festa ali.

(Comentário de João: *Na verdade, nós estamos namorando há 48 anos. Vamos nos casar semana que vem*).

Nós casamos no dia 8 de janeiro de 1964. A mãe dele deu uma festa linda, em Santa Teresa.

As pessoas dizem para nós: *o casamento que deu certo!* Porque quase todos descasaram. É difícil ficar junto, mas não tem fórmula.

Fui contratada numa época da TV Tupi e, em 1960, cheguei a ser apresentadora do programa do Ary Barroso, *Calouros do Ary*. Era quem chamava os calouros que vinham se apresentar.

No teatro Jovem, fiz também a peça do Francisco Pereira da Silva – *Chapéu de Sebo* – com direção do Kléber Santos.

E com o João, além de *As Provas de Amor*, fiz *Papai Noel e os Dois Ladrões, Sermão para um Machão, O Sr. é Quem?, O Espirro Milionário, O Dia em que o Alfredo Virou a Mão, O Padre Assaltante, Dólar, I Love You*.

Bônus:

Não siga a carreira de artista

Letra da música composta por João Bethencourt para o espetáculo *Fica Combinado Assim* (1971)

Não siga a carreira de artista
Não vale a pena, você verá
Para que quebrar a cara, não insista
Observe bem e compreenderá
Não é uma carreira a longo prazo
Não chega a uma profissão sequer
Não tem a garantia do Estado
É um salve-se quem puder
Artista passa fome, mas finge que está bem
Artista está duro, está sem nenhum vintém
Mas, para arranjar emprego,
Ele tem que se enfeitar
Posar de bacanudo, ter charme, encantar
Se for mulher e boa, vai dar ou vai descer
E em se sendo homem, terá que ser muito homem
Para não amolecer,
Andar e circular, falar, acontecer
Cantar o colunista para depois aparecer,
Ser amigo, bom colega, gentilíssimo com o próximo

Para ver se o seu nome é citado pelo Zózimo
Camisas da Bozano e calças da Dijon
De noite, na Sucata,
Vesperal no Canecon
Ser muito cultural
Para ter a subvençon
Mas ser comercial
Que o público é que é o bom
Ser bem comportadinho com a censura e seus ais
Mas, também não esquecer os pseudo-intelectuais
A todos agradar, a Deus e ao diabo
Para, afinal, ganhar o troféu tão cobiçado:

O sucesso! O sucesso! O sucesso!
Andar e circular, falar, acontecer
Cantar o colunista pro Golfinho merecer,
Ter amigos na Manchete, no Vitor Civita
No Globo e TV Globo
Mais difícil que subir é se segurar lá em cima
A turma vocifera,
Você até desanima
Você tenta demonstrar que é também um ser humano
Mas, o sucesso é um Moloch
Que viaja só de ibope

Os rivais estão rodando
Vão cercando o teu pomar
Te intrigando com o povo
E te querendo derrubar
Espalhando na imprensa que você já acabou
Que você está superado, sua obra já passou
Esse cara ainda está vivo?
Já manjaste a sua pinta?
Você sabia, companheiro, que ele já passou dos trinta?
Ô, meu chapa, sai da pista
Estás com quarto reservado na Casa dos Artistas
O aluguel está atrasado
O telefone não toca mais
Que fossa, ai meu Deus!
Funde a cuca de uma vez
Aí, vai pra terapia
Pra análise total
Haja grana, haja nota, haja saúde mental
Esquizofrenia, vem me acalentar
Não seja artista
Você está velho demais
Mais difícil que subir
É ficar lá em cima

O problema, o ibope, o dinheiro!
O Brasil, tudo, tudo, tudo!
Ninguém mais gosta de mim!
Não siga a carreira de artista
Não vale a pena, você já viu
Pra que quebrar a cara, meu amigo
Da barra, o peso você sentiu
O artista é um infeliz coitado
Que tem na vida o seu maior prazer
Sentir do público, o seu agrado
E, agradando, o público agradecer
É curta a sua carreira e alegria
Bem cedo o povo o esquecerá
E, nas fotos e recortes de seu tempo
O que ele foi, jamais de novo
Ele será.

Recebendo o Prêmio de Melhor Diretor por O Doente Imaginário e Mama da Ponte, *das mãos de Fernando Torres*

O Colar da Rainha

Peça em 2 Atos de João Bethencourt

PERSONAGENS
(por ordem de entrada em cena)

NARRADOR
MME.DÉRAIN
JEANNE DE LA MOTTE
A RAINHA MARIA ANTONIETA
O CARDEAL DE ROHAN
BOEHMER, joalheiro
BASSENGE, joalheiro
O REI LUÍS XVI
O ABADE GEORGEL
RÉTAUX DE VILETTE, amante de Jeanne
O CONDE CAGLIOSTRO
FLORÊNCIO, um criado
ALEXANDRINA ou A BARONESA OLIVA
NICOLAU DE LA MOTTE , marido de Jeanne
DOIS GENDARMES
UM LACAIO
O ADVOGADO DOILLOT

A peça é passada em 1784-85, principalmente em Paris e Versalhes.

O Colar da Rainha – Ato I

SPOT SOBRE O NARRADOR. TRAJA UMA ROUPA ESCURA QUE PODE LEMBRAR UM TRAJE DO FINAL DO SÉC.XVIII. DIRIGE-SE AO PÚBLICO.

NARRADOR – Essa é a história do colar que abalou a reputação de uma rainha e apressou a chegada de uma revolução – uma das mais sanguinárias de todos os tempos.

Há uma lenda que atribui a origem desse colar ao amor. Ou melhor: aos amores de Luís XV com a condessa Dubarry, na sua fase mais feliz.

E que El-Rei decidiu comemorar satisfazendo qualquer desejo da bela condessa.

Mme. Dubarry, com a sua habitual humildade, pediu então ao rei que a presenteasse com os maiores diamantes do mundo, reunidos num riquíssimo colar.

Achar, negociar e polir tantas e tão preciosas pedras levou mais tempo do que se esperava. Mas o intenso empenho e esforço dos senhores Boehmer e Bassenge, joalheiros da corte, mostrou-se à altura da tarefa. Ei-los, agora, diante de um colar fulgurante de 647 brilhantes, pesando 2.800 quilates.

A Dubarry por pouco não desmaiou ante aquele esplendor. E passou horas desfilando com o colar ao colo, mirando-se nos vastos espelhos da joalheria. Depois enfiou tudo: colo, colar, estojo e ela mesma na carruagem e disparou rumo à corte em Versalhes. Ia curar a ligeira indisposição de El-Rei com as mágicas radiações daquele tesouro.

Ao chegar às portas da alcova, é impedida de entrar. Acontecera o pior. A indisposição de S. Majestade era a varíola. E depois de 15 dias de indizíveis tormentos Luís XV faleceu. Deixava uma Dubarry desconsolada, um país empobrecido, dois joalheiros com um colar caríssimo, dificílimo de vender, e com uma dívida de 800.000 libras nos bancos ingleses.

Com vocês, **O Colar da Rainha**.

CENA 1

B.O. LUZ BAIXA NO NARRADOR E SOBE NO GABINETE DE MME. DÉRAIN NO PALÁCIO DE VERSALHES.

TRATA-SE DE UM ESPAÇO EXÍGUO PARA A MESA, DUAS CADEIRAS, ARQUIVOS, INFINITOS PROCESSOS, PAPÉIS, PASTAS, MAIS AS PESSOAS QUE ABRIGA.

MME. DÉRAIN É UMA DAS SECRETÁRIAS ADMINISTRATIVAS DO PALÁCIO: SENHORA SEVERA, SEM IDADE, TOTALMENTE IDENTIFICADA COM SUAS FUNÇÕES.

PRÓXIMO À PORTA DE ENTRADA DO GABINETE DAMOS COM JEANNE DE LA MOTTE VALOIS. MUITO BONITINHA, MUITO ATRAENTE. TEM TRINTA E QUATRO ANOS DE IDADE, MAS APARENTA MENOS. VESTE UMA ROUPA BONITA. PARECE UM TANTO INTIMIDADA.

MME. DÉRAIN (SENTADA ATRÁS DA MESA ATULHADA) - Chegue-se mais perto, Mme., senão teremos que conversar aos gritos.

JEANNE DÁ UNS PASSOS NA DIREÇÃO DA MESA.

Aqui, na cadeira , à minha frente.

JEANNE OBEDECE E SENTA.

Ótimo; obrigada.

CONSULTANDO UM PAPEL.

Sua Alteza Real, Mme. Elizabeth , pediu-me que a recebesse.

JEANNE – Do fundo do meu coração agradeço a gentileza de S. Alteza.

MME. DÉRAIN – Soube que sofreu um desmaio junto à residência de Mme. Elizabeth.

JEANNE – Estava muito fraca, tinha comido pouco.

MME. DÉRAIN – Mas parece que a sra. desmaia com certa freqüência. Na semana anterior foi na Sala dos Espelhos, quando passava a rainha.

JEANNE – Me emocionei muito com a visão de S. Majestade.

MME. DÉRAIN – Bem... A copiosa documentação com que encheu esta mesa...

INDICA A MONTANHA DE PAPÉIS EM CIMA DA MESA

– Teve o mérito de provar que é neta de um filho bastardo do rei Henrique II.

JEANNE – Infelizmente.

MME. DÉRAIN – Como, infelizmente?

JEANNE – É que não ocorreu aos meus ancestrais, reis de França, que seus descendentes viveriam mais que eles.

MME. DÉRAIN – Sim?...

JEANNE – Quero dizer que não cuidaram de deixar aos seus descendentes meios para uma vida digna do nome ilustre que portam.

MME. DÉRAIN – Mas lhe deixaram ao menos uma grande virtude: a tenacidade. (INDICANDO) Não deve ter sido fácil juntar este mar de papéis.

JEANNE – Devo minha tenacidade a alguém igualmente tenaz e que me espicaçava constantemente.

MME. DÉRAIN – Quem?

JEANNE – A pobreza.

MME. DÉRAIN – Como, condessa? Passou necessidade?

JEANNE – Necessidade não. Passei fome.

MME. DÉRAIN – Mas agora está muito bem... Vestido lindo.

JEANNE – É de uma amiga.

MME. DÉRAIN (OLHANDO OS PAPÉIS) - A notícia que tenho vai alegrá-la. Mme. Elizabeth, irmã do rei, preocupada com a sua saúde, pediu-me que lhe doasse 200 libras.

JEANNE – Agradeço de todo coração este nobre gesto de S. Alteza Real.

MME. DÉRAIN – Mandou dizer também que, se necessário, um médico de sua confiança poderá examinar a sra.

JEANNE – O interesse de S. Alteza toca-me profundamente. No momento estou bem. Mas logo que piorar eu aviso S. Alteza.

A PORTA SE ABRE E UMA VOZ ANUNCIA:

VOZ – Sua Majestade, a rainha.

MME. DÉRAIN (ESTUPEFATA) – A rainha?!... Ela nunca vem aqui!

PÔS-SE DE PÉ.

JEANNE (IGUALMENTE DE PÉ, NÃO ACREDITANDO) – Meu Deus do Céu, a rainha?!

ENTRA MARIA ANTONIETA. TEM 28 ANOS, É LINDA, SIMPÁTICA, ESPONTÂNEA E DOTADA DE SENSO DE HUMOR. AS DUAS FAZEM UMA REVERÊNCIA PROFUNDA.

MARIA ANTONIETA – Desculpe, Luísa, não sabia que estava com visita. Era só para saber que horas vêm os joalheiros.

MME. DÉRAIN – Meio-dia, Majestade.

MARIA ANTONIETA – Então tenho tempo ainda. Pensei que era agora.

VOLTOU-SE PARA JEANNE.

MME. DÉRAIN (APRESENTANDO) – A condessa de La Motte Valois.

JEANNE FAZ NOVA SAUDAÇÃO.

MARIA ANTONIETA – Ah, a sra. é que vem desmaiando com certa regularidade em Versalhes?

JEANNE – Andei trabalhando demais, Majestade.

MARIA ANTONIETA – Mas com excelente resultado. Enviou-nos uma carroça de documentos e conseguiu ocupar algumas noites de Mme. Dérain.

MME. DÉRAIN (COM UM SORRISO) – Não foi tanto assim.

JEANNE – Peço desculpas humildemente à V. Majestade pelo incômodo causado.

MARIA ANTONIETA – A mim nenhum, porque não li o que mandou. Mas creio que deve um agradecimento a Luísa. Graças à sua dedicação e empenho está confirmado que descende de reis e que está totalmente sem dinheiro.

JEANNE – V. Majestade está muito bem informada.

MARIA ANTONIETA – Mas estas suas roupas... não são de uma pessoa falida.

JEANNE - Pertencem a uma amiga.

MARIA ANTONIETA - O que faz com o dinheiro, condessa? Mesmo sem ter certeza de sua genealogia, El-Rei tinha concedido à sra. uma doação de 800 libras anuais.

JEANNE – Gastei-os com o dote necessário para me casar com o conde Nicolau de la Motte.

MARIA ANTONIETA – Ah, bom. Mas o conde deve ter entrado com um dote substancial, não?

JEANNE – O sr. conde fez a honra de casar-se comigo usando como dote o seu título nobiliárquico.

MARIA ANTONIETA – Por quê? Ele não tem rendas? Não possui algum cargo? Se ocupa com quê?

JEANNE – O sr. conde se ocupa em procurar um cargo que lhe proporcione alguma renda.

MARIA ANTONIETA – O que é que ele sabe fazer?

JEANNE – Pouco. Foi gendarme em Bas-sur-Aube.

MARIA ANTONIETA – Não é mais?

JEANNE – O prefeito dissolveu a gendarmaria por falta de verba.

MARIA ANTONIETA (PENSANDO) – Eu posso falar com meu cunhado d´Artois... talvez haja uma vaga em seu regimento...

JEANNE –Agradeço de coração o interesse e a bondade de Vossa Majestade.

MARIA ANTONIETA – Farei o que estiver ao meu alcance, condessa... Considero que é minha obrigação ajudar os necessitados... Especialmente se um dia foram poderosos e hoje não são mais.

CHAMA MME. DÉRAIN DE LADO E LHE CONFIDENCIA.

Vi lá fora aquela figura que abomino... Se entrar aqui para xeretar não revele nada do que falamos.

MME. DÉRAIN – Mas de quem se trata, Majestade?

MARIA ANTONIETA – Ora. Do cardeal de Rohan.

MARIA ANTONIETA (RUMANDO PARA A SAÍDA) – Passar bem, minhas senhoras.

MAIS UMA REVERÊNCIA PROFUNDA DAS DUAS.

MARIA ANTONIETA (PARANDO JUNTO DE JEANNE) – Tentarei aumentar sua anuidade... não de muito. LEVE SORRISO.

Nós também temos pouco dinheiro...

JEANNE (EMOCIONADA , BEIJA A MÃO DA RAINHA) – Oh, Majestade...

MARIA ANTONIETA – Adeus. E SAI.

JEANNE – É sempre assim?

MME.DÉRAIN – Sempre... espontânea... sincera... e tem um coração enorme...

JEANNE – Por isso é que é tão amada...

MME. DÉRAIN – E tem tantos inimigos...

A PORTA SE ABRE. UMA VOZ ANUNCIA.

VOZ – Sua Eminência, o sr. cardeal de Rohan.

JEANNE (DESLUMBRADA) – O cardeal de Rohan?!

MME. DÉRAIN – Hum. Bem que a rainha me preveniu.

SURGE O CARDEAL. ESTÁ EM TRAJES DE CORTESÃO E USA UMA PERUCA. SUA ROUPA TEM TONS VERDES, QUE É A COR DA CASA DOS ROHANS. TRATA-SE DE UM HOMEM DE 50 ANOS, SIMPÁTICO, ELEGANTE, VIRIL, EM QUEM A RELIGIOSIDADE JAMAIS INIBIU A ENORME ATRAÇÃO PELAS DAMAS.

AO AVISTAR AS DUAS SENHORAS, O CARDEAL EMITE UM "Oh!" DE ESPANTO E RETRIBUI O CERIMONIOSO CUMPRIMENTO DELAS.

CARDEAL – Jurava que era o gabinete do ministro Calonne.

MME. DÉRAIN – O gabinete do ministro se encontra na outra ala, Eminência. Desde o ano passado.

CARDEAL – Deus, como sou distraído.

MME. DÉRAIN – Mas se puder ser útil em alguma coisa...

CARDEAL – Apenas em relevar meu equívoco.

VOLTOU-SE PARA A CONDESSA. MME. DÉRAIN FAZ AS APRESENTAÇÕES.

MME. DÉRAIN – A condessa de la Motte Valois.

CARDEAL – Ah, já me falaram da sra. ... mas não me contaram que era tão bonita.

JEANNE – São os seus olhos, Eminência.

CARDEAL - Não são não e eu vou reclamar com quem não me preveniu. A rainha não saiu daqui ainda há pouco?

MME. DÉRAIN – Saiu sim, Eminência. Ela também pensou que aqui era o gabinete do ministro Calonne.

CARDEAL – Ah... Eis uma coincidência com a qual não contava. Nem com seu dom admirável de estar sempre pronta com a resposta certa.

MME. DÉRAIN – É o cargo que ocupo que assim o exige. De natureza eu sou até uma pessoa meiga e ingênua.

CARDEAL – Permita-me duvidar disso.

SAUDANDO.

Minhas sras.

AS DUAS CUMPRIMENTAM COM UMA PROFUNDA MESURA.

AS DUAS – Sr. CARDEAL.

O CARDEAL SAI.

MME. DÉRAIN – Veio espionar quem estava com a rainha. Está fazendo tudo para cair nas boas graças dela.

JEANNE – Mas ele nem se veste como um cardeal.

MME. DÉRAIN - Sua Eminência é menos interessado no Criador e mais interessado nas criaturas, especialmente nas que usam saias. Venha comigo até a tesouraria.

B.O. LIGAÇÃO MUSICAL LUZES VOLTAM.

CENA 2

SALETA POBRE, TENTANDO PARECER MENOS POBRE: DUAS CADEIRAS, UMA MESINHA, UM SOFÁ, UM TAPETE VELHO.

É PARTE DA RESIDÊNCIA DE JEANNE DE LA MOTTE. AOS POUCOS IRÁ FICANDO MAIS E MAIS RICA ATÉ IGUALAR-SE (OU QUASE) AOS AMBIENTES MAIS RICOS APRESENTADOS NESSA HISTÓRIA.

AS LUZES REVELAM UM RAPAZ DE TRINTA ANOS MAIS OU MENOS, SIMPÁTICO, INTELIGENTE. ESTÁ EM MANGAS DE CAMISA. TRATA-SE DE RÉTAUX DE VILLETTE.

JEANNE VEM CHEGANDO. USA A ROUPA COM QUE A VIMOS EM VERSALHES.

RÉTAUX – Então? Como foi?

JEANNE (DESFAZENDO-SE DE BOLSA, CHAPÉU, TALVEZ UMA SOMBRINHA) – Melhor do que pensava, pior do que queria.

RÉTAUX – Você não conseguiu nada?!...

JEANNE – 200 libras doadas pela irmã do rei.

RÉTAUX – Nada mau.

JEANNE – Você me conhece pouco.

RÉTAUX – Por que este mau humor? Te receberam com pouco caso?

JEANNE – Pelo contrário.

RÉTAUX – Quem te atendeu?

JEANNE – A secretária de Mme. Elizabeth, a irmã do rei.

RÉTAUX – Então foi a Mme. Dérain. É boa pessoa.

JEANNE – Confirmou que meus papéis eram legítimos e que eu era, de fato, uma Valois.

RÉTAUX – Mas isso é muito bom.

JEANNE – Grandes coisas. O tribunal já tinha dito a mesma coisa.

RÉTAUX – Já vi que hoje é o dia. O que mais ocorreu?

JEANNE – Apareceu também a rainha.

RÉTAUX (ASSOMBRADO) – Meu Deus! Você se avistou com a rainha?

JEANNE – Ela entrou para falar com a Mme. Dérain.

RÉTAUX – E como te tratou?

JEANNE – Muito bem.

RÉTAUX – E você odiou ser bem tratada.

JEANNE – Não seja cretino.

RÉTAUX – Desculpe. Só estou querendo me informar.

JEANNE – Me tratou bem porque estava bem. Parece que o rei ia presenteá-la com uma jóia caríssima. Se estivesse menos bem não ia me tratar bem. Ela não precisa esconder o que sente.

RÉTAUX – E você precisa. Por isso está com raiva dela. Agora entendi.

JEANNE – Você não entendeu nada. Eu não estou com raiva dela. Eu estou com raiva de mim.

RÉTAUX – Por quê?

JEANNE – Porque deixei que a gentileza dela me derretesse. E acabei agradecendo emocionada um pequeno presente quando eu teria o direito de exigir muito mais.

A EXPRESSÃO DE RÉTAUX MOSTRA QUE ELE POUCO ENTENDEU.

Rétaux, eu sou de uma família que ocupou o trono da França por mais tempo do que esta que aí está.

RÉTAUX – Eu sei, minha filha, todos os dias você me faz lembrar isto.

JEANNE – Meus antepassados unificaram a França. Francisco I ensinou os franceses a comer com talher. Ele e meu tetravô Henrique II, trouxeram da Itália o Renascimento.

RÉTAUX – Só que eles cometeram o erro de querer também ocupar a Itália, e aí, todas as vezes que tentaram levaram uma surra.

JEANNE – Dos austríacos. Aí vai o governo e casa o rei com uma austríaca.

RÉTAUX – Faz sentido. Ao menos dos austríacos não vamos apanhar mais.

JEANNE – Tá de muito bom humor hoje!... O que houve? Conseguiu vender alguma falsificação?

RÉTAUX – Nada. O mercado de falsificações está em baixa.

JEANNE – Você é que não sabe arranjar clientes. Você é um exímio falsificador que não sabe vender seu talento.

RÉTAUX – Por que você não me ajuda?

JEANNE – Vou acabar te ajudando mesmo. Ah, meu Deus, porque é que os homens bons de cama são quase sempre maus ganhadores de dinheiro?

RÉTAUX – Porque esperam que as mulheres agradecidas ganhem o dinheiro para eles.

JEANNE – Isso no meu tempo tinha outro nome.

RÉTAUX – E ainda tem. Chama-se "amor".

JEANNE (RINDO) – De amor é que não se chama nada.

ABRAÇAM-SE, BEIJAM-SE, ELA SENTA NO COLO DELE.

Como vamos arranjar dinheiro, Rétaux?

RÉTAUX – Prá que é que você quer dinheiro, Jeannezinha?

JEANNE – Para recuperar um pouco do que a minha família perdeu e levar uma vida digna do meu nome.

RÉTAUX – Por que você não fala com a marquesa, sua madrinha?

JEANNE – Coitada. Já deu o que podia dar.

RÉTAUX – E o duque de Penthièvre? O homem mais rico da França?

JEANNE – Me presenteou duas vezes. Depois morreu.

RÉTAUX – Por que te presenteou?

JEANNE – Bobo.

RÉTAUX – Torne-se amiga da rainha.

JEANNE – Como?

RÉTAUX – Mande-lhe flores e uma carta agradecendo.

JEANNE – Ela nem vai ler.

RÉTAUX – Entregue a carta e as flores a Mme. Dérain. Leve um presentezinho à Mme. Dérain. Peça a sua ajuda para cair nas boas graças da Maria Antonieta. Faça tudo para ser recebida por ela. Procure ser intermediária entre a rainha e de gente que precisa dela.

JEANNE – Pelo que vejo você andou lendo Maquiavel.

RÉTAUX – A influência dela é enorme! Jeanne, eu mesmo conheço um potentado que daria seu braço direito para reatar com a rainha.

JEANNE – Quem é?

RÉTAUX – O esmoler-mor do reino: o Cardeal de Rohan.

JEANNE – O quê?!... Meu Deus!

RÉTAUX – O que é que há? Você conhece ele?!

JEANNE – Passou hoje no gabinete de Mme. Dérain.

RÉTAUX – Como?! Mas todo mundo passou lá hoje?

JEANNE – Quis saber quem eu era. Me achou muito bonitinha.

RÉTAUX – Eu não estou dizendo? Jeanne, você pode ganhar muito dinheiro com o Cardeal de Rohan. Ele é riquíssimo.

JEANNE – De que maneira?

RÉTAUX – Agora não posso explicar.

JEANNE – Por quê?

RÉTAUX – Porque estou ficando muito excitado.

JEANNE – O quê?!

RÉTAUX - (TENTANDO DEITÁ-LA) – Vamos para a cama.

JEANNE – Tá louco. Meu marido vem aí.

RÉTAUX – Uma só. Rapidinha. Ele sempre se atrasa.

SINOS COMEÇAM A BADALAR NA IGREJA VIZINHA.

JEANNE – Olhe aí! Meio-dia!

RÉTAUX (INSISTINDO) – Então. Ele nunca chega antes da uma.

NICOLAU *(OFF)* – Jeanne!... Querida!... Você está aí?!

JEANNE – Ôa.

RÉTAUX – Mas que estraga prazeres! Pôxa!... Por que você não se separa dele?

JEANNE – Pra quê? Em Paris você não precisa separar-se do marido para viver com quem você ama.

RÉTAUX (DESISTINDO) – O pior é que é verdade.

B.O.

CENA 3

SINOS SE TORNAM MAIS INTENSOS. LUZES SOBEM NUMA SALA MAIS AMPLA DE VERSALHES. EM CENA, OS JOALHEIROS BOEHMER E BASSENGE JUNTO DE UM TRIPÉ QUASE DA ALTURA DE UMA PESSOA, EM CUJA EXTREMIDADE ESTÁ PRESO ALGO DE CONTORNO RETANGULAR, COBERTO COM UM PANO DE VELUDO NEGRO. BOEHMER É O MAIS CALMO; BASSENGE, O MAIS EMOTIVO.

O RELÓGIO ACABA DE DAR A DÉCIMA SEGUNDA BADALADA QUANDO ANUNCIAM:

VOZ *(OFF)* – Sua Majestade, o rei.

AS PORTAS ABREM-SE DE PAR EM PAR E ENTRA LUÍS XVI: UM JOVEM VIGOROSO DE 30 ANOS, ALEGRE E BEM-HUMORADO. OS JOALHEIROS DESMANCHAM-SE EM MESURAS.

EL-REI – Fiquem à vontade, meus senhores. Vejo que conseguiram trazer de Paris, sem sobressaltos, a oitava maravilha do mundo.

BOEHMER – Agradecemos a honra que nos faz V. Majestade em nos receber e a oportunidade que nos dá de mostrar não a oitava maravilha do mundo, mas a obra-prima da ourivesaria francesa.

EL-REI – Eu achei que era a oitava maravilha do mundo pelo preço que vocês estão cobrando: um milhão e trezentas mil libras.

BASSENGE – É um milhão e seiscentas mil libras, Majestade.

EL-REI – Como? O preço subiu depois da morte de vovó?

BASSENGE – Foi sempre este preço, Majestade.

EL-REI – É...talvez tenha sido... Minha memória para números não é das melhores...

BOEHMER (COM UM SORRISO) - Não é o que se diz por aí, Majestade.

EL-REI (RINDO) – Não?

OS JOALHEIROS ESTÃO FELICÍSSIMOS COM O CLIMA DE BOM HUMOR DO REI.

BOEHMER – Não mesmo. Dizem, inclusive, que a memória de Vossa Majestade para números é o pesadelo de todo ministro das finanças.

EL-REI – Mas espero que não venha a tornar-se também dos meus joalheiros.

OS JOALHEIROS RIEM, MAS UM TANTO AMARELO.

EL-REI – Vejam: desejo oferecer esta jóia a Antonieta pelo nascimento de nosso filho.

BOEHMER – É uma linda e emocionante homenagem, Majestade.

BASSENGE – Vossa Majestade teve uma inspiração divina.

EL-REI – Divina e dispendiosa: 1.600.000 libras é o preço de uma fragata de guerra totalmente equipada.

BASSENGE – Majestade, algumas dessas pedras fomos buscar nas Índias. Outras, na Mongólia. Contratamos dezenas de ourives, outros tantos avaliadores, os melhores da Europa.

EL-REI (APONTANDO PARA O TRIPÉ) – Bassenge, não seria melhor que o colar falasse por si mesmo?

NESTE MOMENTO AS PORTAS VOLTAM A ABRIR-SE E UMA VOZ ANUNCIA:

VOZ – Sua Majestade, a rainha!

POR UM INSTANTE A CENA SE IMOBILIZA. ENTRA MARIA ANTONIETA EM TRAJE MAIS FORMAL, BONITA E GRACIOSA COMO SEMPRE. PROFUNDAS MESURAS DOS JOALHEIROS. O REI VAI RECEBÊ-LA E BEIJA SUA MÃO.

EL-REI – Obrigado por teres vindo, querida. Conhece nossos amigos, os senhores Boehmer e Bassenge?

AMBOS VOLTAM A INCLINAR-SE.

MARIA ANTONIETA – Claro que conheço. Comprei um par de brincos deles, não é verdade? Já faz algum tempo.

BOEHMER – V. Majestade nos proporcionou a honra de poder servi-la. V. Majestade adquiriu em nossa casa um par de brincos e este anel.

APONTA DISCRETAMENTE O ANEL QUE A RAINHA ESTÁ USANDO.

MARIA ANTONIETA (SURPREENDIDA) - É verdade. Que boa memória tem, sr. Boehmer.

BOEHMER – Nunca mais esquecemos a visita que V. Majestade nos fez.

BASSANGE – Infelizmente V. Majestade não voltou mais a visitar-nos.

MARIA ANTOINETA – A explicação, sr. Bassange, é que estou juntando dinheiro para poder visitar vocês.

RISOS. DA PARTE DOS JOALHEIROS OS RISOS SÃO UM POUCO AMARELOS.

EL-REI - Querida Antonieta, eles vieram a meu pedido para mostrar o colar.

MARIA ANTONIETA – V. Majestade sabe o quanto me deixa feliz o sentimento que deseja expressar através o colar, e também sabe que eu continuaria igualmente feliz sem o colar.

LEVE CONSTRANGIMENTO DOS JOALHEIROS, QUE BOEHMER SE APRESSA EM SUPERAR.

BOEHMER – V. Majestade permite que lhe mostremos... O que viemos mostrar?

EL-REI – A rainha acha que se trata de muito dinheiro. Que o tesouro real não está em situação de arcar com uma despesa deste vulto.

BASSENGE – Nem mesmo para celebrar o nascimento do herdeiro da coroa?

MARIA ANTONIETA – Nós queremos garantir, sr. Bassange, que haja uma coroa para herdar.

LEVES RISOS.

EL-REI (DESTA VEZ É ELE QUE ESTÁ LEVEMENTE

CONSTRANGIDO) – Como vêem, a rainha está sempre brincando.

BOEHMER (PARA A RAINHA) – Majestade, o colar é um investimento. Em 30 anos estes diamantes estarão valendo muito mais.

MARIA ANTONIETA – Mas seria este o melhor momento para se investir num colar? El-rei me disse que o preço é de uma fragata de guerra, equipada. Há uma guerra em curso, como sabe: a França apóia as colônias americanas. Parece-me bem mais oportuno investir numa fragata.

BASSENGE – V. Majestade já viu o colar?

MARIA ANTONIETA – Ainda não.

BASSENGE – Então, se V. Majestade nos permite...

OS JOALHEIROS VÃO AO TRIPÉ E AFASTAM COM CUIDADO O PANO DE VELUDO NEGRO, QUE

COBRE O ESTOJO ABERTO, REVELANDO SEU PRECIOSO CONTEÚDO. AS LUZES TINHAM BAIXADO UM POUCO, UMA ILUMINAÇÃO ESPECIAL ENVOLVE O COLAR, QUE REPOUSA CONTRA UM FUNDO DE VELUDO NEGRO.

O IMPACTO DA JÓIA É SENTIDO POR TODOS. 641 BRILHANTES RELUZEM NUMA FESTA DE BRILHOS E DE CORES FULGURANTES. HÁ UMA LONGA PAUSA.

EL-REI – É... é ofuscante.

BASSENGE – Um hino à ourivesaria francesa.

BOEHMER – Levamos anos escolhendo e montando estas peças, não foi, Bassenge?

BASSENGE – Foi.

EL-REI – O que achou, Antonieta?

MARIA ANTONIETA – É lindo.

BASSENGE – Oh, Majestade, Deus a abençoe por ser tão sincera.

EL-REI – Gostaria de colocar o colar?

MARIA ANTONIETA – Não.

EL-REI – Não?!...

MARIA ANTONIETA – Não quero me apaixonar por ele.

EL-REI – Bobagem.

PEGA E COLOCA O COLAR NA RAINHA, COM A PRESSUROSA AJUDA DOS JOALHEIROS. ELA SE COLOCA DIANTE DE UM ESPELHO.

BOEHMER – Ficou deslumbrante.

BASSENGE – Nunca um colar ficou tão bem numa rainha.

MARIA ANTONIETA (AINDA SE OLHANDO NO ESPELHO) – É maravilhoso.... mas não é prá mim.

EL-REI – Por quê?

MARIA ANTONIETA – É exagerado para o meu tipo... E depois eu não quero que digam de mim: lá vai ela singrando com sua fragata.

EL-REI – Quem diria uma tolice dessas?

MARIA ANTONIETA – Todos aqueles panfletos que me caluniam dia e noite, que me acusam de perder fortunas no jogo, que dizem que sou frívola e irresponsável, que quando o povo com fome não tem pão eu recomendo que comam bolos.

BOEHMER – Majestade, todos sabem que esta frase foi dita há cem anos atrás por Maria Teresa, a esposa espanhola de Luís XIV.

EL-REI – Você deixaria de usar o colar com medo dessa corja?

MARIA ANTONIETA (RETIRANDO DE SEU COLO O COLAR, COM LEVE DIFICULDADE) – Seria uma insensatez gastar neste momento 1.600.000 libras com um colar. E para que, se somos felizes e Deus acabou de nos abençoar com um menino que adoramos? Em que é que me acrescenta este colar?

EL-REI (BEIJANDO SUA MÃO) – Se é esta sua vontade, querida...

MARIA ANTONIETA (ENTREGANDO O COLAR AOS JOALHEIROS) – Dê aos seus artesãos e ourives os meus sinceros parabéns. É de um lavor maravilhoso, do qual merecem orgulhar-se.

MURCHOS, CABISBAIXOS, OS JOALHEIROS RECOLOCAM O COLAR NO ESTOJO.

EL-REI – Não fiquem tão murchos, meus senhores. Por que não oferecem o colar ao rei da Espanha?

MARIA ANTONIETA – Já ofereceram ao rei da Espanha, ao rei de Portugal, ao rei da Inglaterra, ao rei da Polônia, ao czar da Rússia. Ninguém na Europa está em condições de comprá-lo.

BASSENGE (SE ATIRANDO AOS PÉS DE MARIA ANTONIETA) – Majestade, estamos falidos, estamos destruídos, a recusa de V. Majestade nos leva à ruina. Devemos aos bancos, devemos aos usurários, temos imensos juros a pagar, este colar foi feito para a rainha de França, ele tem que ficar na França, ele é hoje um patrimônio da nação.

MARIA ANTONIETA (CALMÍSSIMA) – Não seja ridículo, Bassenge. O colar não foi feito para uma rainha e sim para a amante de um rei, e você não está arruinado coisa nenhuma, porque você pode muito bem desmontar o colar, vender as pedras, pagar as dívidas e os juros e talvez obter até algum lucro com os diamantes mais antigos.

BOEHMER (TALVEZ ENXUGANDO SUOR DA TESTA) – Desmontar... esta obra de arte... pela qual V. Majestade parabenizou nossos obreiros?...

MARIA ANTONIETA – Então insistam um pouco mais, já que estão tão apegados. Quem sabe o grão-turco ou o Xá da Pérsia não se interessam?

BASSENGE – Peço desculpas se exagerei e disse algo que não deveria ter dito.

MARIA ANTONIETA – O sr. disse umas tolices, mas abriu seu coração e isto eu aprecio.

BASSENGE (COM UMA CORTESIA) – Agradeço humildemente a V. Majestade.

MARIA ANTONIETA – Passem bem, meus senhores, e perdoem à vossa rainha por não poder fazer mais porque não tem dinheiro.

MESURAS PROFUNDAS. OS JOALHEIROS SE RETIRAM LEVANDO O ESTOJO COM O COLAR. O CASAL REAL FICA A SÓS.

EL-REI – Antonieta, eu devia demitir o ministro das finanças e nomear você no lugar dele.

MARIA ANTONIETA – Deus me livre e guarde.

RIEM E ABRAÇAM-SE.

B.O.

CENA 4

RUÍDO DE RUA E DE CARRUAGENS PASSANDO. *SPOT* NOS JOALHEIROS VESTINDO CASACOS, USANDO CHAPÉUS, COM O ESTOJO FECHADO A TIRACOLO, AMBOS ENCARANDO MAIS OU MENOS O PÚBLICO DONDE VÊM OS RUIDOS. OBVIAMENTE, ESTÃO NUMA CALÇADA, ESPERANDO A CARRUAGEM.

BASSENGE – O que é que você achou?

BOEHMER – Achei que a rainha tem razão. Devemos desmontar o colar e vender as pedras.

BASSENGE – Já vi que você não percebeu nada.

BOEHMER – Como?

BASSENGE – A esta altura Versalhes toda sabe que a rainha recusou um colar de 1.600.000 libras.

BOEHMER – E daí?

BASSENGE - Daí que ela desmoraliza centenas de autores de panfletos e conquista outros tantos simpatizantes.

BOEHMER – Ainda não entendi onde você quer chegar.

BASSENGE – Que seria um erro crasso desmontar o colar agora.

BOEHMER – Por quê?

BASSENGE – Porque discretamente, às escondidas, não já já, é claro, ela vai comprar o colar.

BOEHMER – Pelo amor de Deus!...

BASSANGE – Pelo amor de Deus, você, Boehmer!

BOEHMER – Você quer me convencer que ela não estava sendo sincera.

BASSENGE – Claro que ela estava sendo sincera. Todo bom ator é sincero e acredita no seu papel. E ela estava fazendo exatamente isso: representando um papel.

BOEHMER – Pára de querer tapar o sol com a peneira! Pára de querer alimentar suas ilusões! Ela não quer comprar o colar!

BASSENGE – Ela disse que não quer se apaixonar pelo colar. Isto quer dizer que já se apaixonou!

BOEHMER – Apaixonou nada! Apaixonou coisa nenhuma! Mas mesmo que tivesse se apaixonado, você acha que ela ia comprar o colar? Ia nada. Ela é austríaca, Bassenge, econômica como toda boa dona de casa austríaca! A mãe dela foi considerada a imperatriz mais pão-dura da Europa.

BASSENGE – Não dou três meses para estarmos negociando o colar, debaixo do pano, com um preposto dela.

BOEHMER – Você está querendo o quê? Adiar de três meses o desmonte do colar?

BASSANGE – Exatamente.

BOEHMER – Muito bem. Mas não reclame se eu disser depois: "Eu não disse?!"

BASSENGE – Quem vai dizer "Eu não disse?!" em três meses sou eu, caro Boehmer. Olha nossa carruagem!

RUÍDO DE CARRUAGEM SE APROXIMANDO, ELES FAZEM SINAL E COMEÇAM ENCAMINHAR-SE NA DIREÇÃO DO RUÍDO.

B.O.

CENA 5

LUZ SOBE NUM APOSENTO NADA ESPAÇOSO DO PALÁCIO DO CARDEAL. É UM ESCRITÓRIO-BIBLIOTECA.

UM *SPOT* REVELA O ABADE GEORGEL, SECRETÁRIO DO CARDEAL, A UMA ESCRIVANINHA, FAZENDO ANOTAÇÕES NO SEU DIÁRIO. RELÊ O QUE ESCREVEU E FAZ CORREÇÕES.

MAIS VELHO QUE O CARDEAL, TEM SIDO SEU ANJO DA GUARDA ADMINISTRATIVO DESDE OS TEMPOS EM QUE GERIA A EMBAIXADA EM VIENA.

GEORGEL – Dias de aflição de S. Eminência... fala-se insistentemente na demissão do ministro Calonne, cujo cargo Sua Eminência ambiciona... Nova semana mais auspiciosa: os rumores se aquietaram... E ontem S. Eminência teve um encontro decisivo e muito feliz...

O *SPOT* EM GEORGEL SE AMPLIA, LUZES SOBEM, REVELANDO UM ESPAÇO MAIS CONFORTÁVEL AO LADO DA ESCRIVANINHA DE GEORGEL. CONTÉM ESTANTES REPLETAS DE LIVROS, ALGUMAS CADEIRAS CONFORTÁVEIS, UMA MESINHA.

UMA DAS CADEIRAS É OCUPADA PELO CARDEAL, EM TRAJES MENOS CERIMONIOSOS, MAS SEM-

PRE MUITO ELEGANTE. OBSERVA ÁVIDO OUTRO PERSONAGEM, INSTALADO NA CADEIRA À SUA FRENTE. DEVE TER UNS 50 ANOS, TRAJA-SE COM MUITA ELEGÂNCIA. NO MOMENTO ESTÁ COM A CABEÇA TOTALMENTE INCLINADA PARA TRÁS E O ROSTO COBERTO POR UM LENÇO RENDADO. TRATA-SE DO CONDE CAGLIOSTRO.

CARDEAL DE ROHAN (FALANDO COM EMPENHO E EMOÇÃO) – O sr. sabe que a minha mais ardente aspiração é voltar às boas graças com a rainha... Como no tempo em que quase menina chegou à França... Gostava dela muito então... Como gosto até hoje... A política nos separou...

ESPERA UM INSTANTE POR ALGUMA MANIFESTAÇÃO DE SEU OUVINTE, QUE NÃO VEM....

Se ficássemos amigos de novo, tenho certeza de que apoiaria minha aspiração a ministro... Ela gostava de mim.

ESPERA UM POUCO MAIS. O OUTRO LADO CONTINUA MUDO.

E o sonho de ontem terminava com alguém dizendo que... que eu ainda desempenharia um papel importante na política de meu país!... Será verdade?

PAUSA. SOBRE A MESINHA, AO LADO DE CAGLIOSTRO, UM COPO DE ÁGUA E UMA VELA ACESA. CAGLIOSTRO PERMANECE IMÓVEL. NÃO SE SABE NEM SE ELE ADORMECEU OU NÃO.

GEORGEL, MUITO ATENTO A TUDO, DEIXA SEU POSTO E SE APROXIMA DOS DOIS. DE TRÁS DO LENÇO, UM PIGARRO. E DEPOIS...

VOZ DE CAGLIOSTRO (SEM SAIR DA POSIÇÃO) – V. Eminência... muito em breve... Se tornará um dos homens mais falados na França.

CARDEAL (feliz) – Meu Deus! Será verdade isso?

CAGLIOSTRO (SAINDO DA POSIÇÃO E ENXUGANDO O ROSTO COM O LENÇO) – Não duvide. É tão certo quanto estarmos aqui, agora.

CARDEAL – A rainha perdoará a maldade que fiz com a mãe dela, a imperatriz Maria Teresa?

CAGLIOSTRO TOMA UMA GOLE DE ÁGUA, RECOSTA-SE NA POLTRONA, FECHA OS OLHOS. CURTA PAUSA.

CAGLIOSTRO – A rainha fará muito mais do que simplesmente perdoar.

CARDEAL – Meu Deus!... A rainha irá colaborar comigo, irá me ajudar?

CAGLIOSTRO (NA MESMA POSIÇÃO, PASSA O LENÇO NO ROSTO. CURTA PAUSA) – A rainha auxiliará V. Eminência enormemente a tornar-se um dos homens mais importantes do país.

CARDEAL – Ô meu Deus, que ventura!... Ouviu isso, Georgel?

GEORGEL - Ouvi claramente, Eminência.

CARDEAL –Você anotará tudo no seu diário?

GEORGEL – Com certeza, Eminência.

CARDEAL (QUE NA SUA AGITAÇÃO LEVANTARA-SE) – Mas como pode ser isso? Alguém teria que ajudar-me a chegar até a rainha para reiniciarmos esta amizade... Conde, alguém irá ajudar-me a voltar a me relacionar com Sua Majestade?

O CONDE, QUE SAIRA DA POSIÇÃO, SENTANDO-SE QUASE NORMALMENTE, VOLTA A RECOSTAR-SE E FECHA OS OLHOS. PAUSA. BASTANTE LONGA. O CARDEAL NÃO SABE O QUE FAZER. SENTA. CAGLIOSTRO PIGARREIA. DEPOIS, SEM SAIR DA POSIÇÃO...

CAGLIOSTRO – Sim, V. Eminência será ajudado por uma pessoa.

CARDEAL – E quem é esta pessoa?

NOVA PAUSA.

CAGLIOSTRO- Esta pessoa está chegando à sua casa.

CARDEAL – Agora?!...

NESTE MOMENTO TOCA UMA CAMPAINHA. HÁ CERTO IMPACTO. O CARDEAL E GEORGEL SE OLHAM.

CARDEAL – Veja o que há.

GEORGEL SAI. PAUSA. CAGLIOSTRO CONTINUA NA MESMA POSIÇÃO.

GEORGEL (VOLTANDO) – A condessa de La Motte Valois deseja falar com V. Eminência.

CARDEAL (ASSOMBRADO) – A condessa?!... É incrível isso!... Mande entrar, mande entrar.

CAGLIOSTRO TINHA SE LEVANTADO.

CAGLIOSTRO – Retiro-me. Não convém que eu seja visto aqui, neste momento.

CARDEAL – Conde, é esta a pessoa?

CAGLIOSTRO – Está duvidando?...

CARDEAL – Claro que não.

CAGLIOSTRO – Claro que sim. É esta a pessoa, Eminência. Onde é a saída de fundos?

CARDEAL – Eu lhe acompanho.

GEORGEL TINHA SAÍDO POR UM LADO, O CARDEAL E CAGLIOSTRO SAEM PELO OUTRO, A CENA FICA VAZIA UM INSTANTE. GEORGEL VEM VOLTANDO COM JEANNE. ELA ESTÁ MUITO ELEGANTE.

GEORGEL (MUITO SOLÍCITO) – S. Eminência já vem, sra. condessa.

JEANNE – Muito obrigada.

SURGE O CARDEAL, VINDO DOS FUNDOS.

JEANNE CUMPRIMENTA O CARDEAL COM UMA REVERÊNCIA PROFUNDA.

JEANNE – Peço mil desculpas por perturbar o repouso de V. Eminência.

CARDEAL (INDO ATÉ ELA , ERGUENDO-A DA POSIÇÃO DE REVERÊNCIA E BEIJANDO SUA MÃO)

– Maior que minha surpresa é a alegria inesperada de encontrá-la em minha casa, sra. condessa.

JEANNE – V. Eminência é um príncipe generoso até na arte de receber pessoas que chegam sem avisar.

A ESTA ALTURA, O ABADE JÁ TINHA VOLTADO PARA SUA ESCRIVANINHA.

CARDEAL – Ao mesmo tempo, naquele encontro fortuito do mês passado, algo me disse que teria ainda a alegria de reencontrá-la.

JEANNE – V. Eminência causou em mim uma impressão profunda. Ansiava por revê-lo.

CARDEAL – Estou certo de que temos muito a dizer um ao outro. Queira sentar-se, sra. condessa.

NO QUE CONDUZ A CONDESSA JUNTO A UMA CADEIRA, LUZES SE EXTINGUEM E SOBE O *SPOT* EM GEORGEL ANOTANDO SEU DIÁRIO.

GEORGEL – A condessa tornou-se assídua freqüentadora do palácio de S. Eminência. Recebida na biblioteca, foi sendo promovida, passando aos poucos para aposentos mais íntimos e aconchegantes. Uma simpatia calorosa e mútua os unia e um grande interesse comum consolidou os laços de uma terna amizade.

CENA 6

LUZ SOBE SOBRE UM LEITO DE CASAL, REVELANDO O CARDEAL E A CONDESSA EM *DÉSHABILLÉ*, OU SEJA, EM DELICADAS ROUPAS DE BAIXO, BASTANTE DESARRUMADAS. JEANNE PARECE UM TANTO EXAURIDA.

JEANNE – Meu Deus! Nunca pensei que os sacerdotes fossem tão ardentes...

CARDEAL – Desconheço o nível de paixão de meus colegas de ofício... a esse respeito, a senhora condessa por certo possui mais autoridade para opinar...

CONDESSA – Confesso que não tenho conhecimento suficiente, Eminência... Raramente misturo amor e religião... Posso garantir que o sr. é o meu primeiro cardeal.

CARDEAL – Sinto-me honrado com esta distinção... até porque sei de confrades meus que dariam o céu para provar ao menos uma vez do que tão generosamente me permite provar, querida condessa.

JEANNE – Será que acreditam tão pouco no céu, Eminência?

CARDEAL – Não é que acreditam pouco no céu. É que ficam deslumbrados com o que vêem na terra.

JEANNE – Mas o que pensam realmente quando nos seus sermões vendem o céu aos seus paroquianos?

CARDEAL – Pensam no céu, é claro... E talvez sintam inveja, às vezes, da fé ingênua e profunda de seus paroquianos.

JEANNE – Ah, mas se eles têm esta nostalgia do céu, é porque sabem que estão pecando.

CARDEAL (COM CERTO FERVOR) - Claro que sabem. Mas também sabem que tudo, tudo nos leva ao amor a Deus!... Até o amor carnal.

JEANNE – É por isso que V. Eminência pratica o ato carnal com tanto afinco?

CARDEAL (COM UM RISINHO) – Ah, condessa, devolve minhas pequenas alfinetadas prontamente.

A CONDESSA RI. O CARDEAL BEIJA SUA MÃO.

Veja, eu nasci com uma Natureza ardente. E sei que faria mais mal a mim e aos outros se reprimisse o que sou. Mas me arrependo de meus pecados com a maior sinceridade. Jamais saí de uma confissão sem estar profundamente arrependido.

JEANNE – Por isso é que eu também sou, como o sr., uma católica convicta.

CARDEAL – Não ironize, condessa. Ninguém engana o Senhor. Recebemos sempre o que merecemos, por maior que seja nosso arrependimento. Disso eu tenho a mais absoluta e dolorosa certeza.

JEANNE – Vejo que se refere a um caso conhecido.

CARDEAL – Aconteceu comigo. Zombei, certa vez, cruelmente de uma dama da mais alta hierarquia. Pois, por mais que me arrependa, até hoje sua filha me odeia.

JEANNE – Refere-se ao incidente que teve com a imperatriz da Áustria?

CARDEAL – Também sabe dessa história?... E desde então Maria Antonieta não me dirige a palavra. Sequer olha para mim quando, por acaso, estamos no mesmo recinto.

JEANNE – Estranho isso.

CARDEAL – Por quê?

JEANNE – Lembro de um comentário que ela fez... no gabinete de Mme. Dérain, naquela ocasião... Como foi mesmo?

CARDEAL – O quê?... O que ela disse?...

JEANNE – Algo até simpático a V. Eminência...

CARDEAL – A rainha falou bem de mim?!... O que falou?...

JEANNE – Não me lembro bem das palavras...

CARDEAL – Procure lembrar-se, pelo amor de Deus.

JEANNE – É... Como se... como se insinuasse... que não via com maus olhos sua presença na corte.

CARDEAL – Mas isso... Isso é uma notícia maravilhosa... BEIJANDO-A VÁRIAS VEZES... Você não poderia ter me dado uma notícia melhor... Oh, meu Deus, ouvistes a minha prece!...

JEANNE (UM POUCO ASSUSTADA... DE MENTIRINHA) – Calma, Eminência... Calma...

CARDEAL – Ela parou de me odiar... é um milagre. O que tenho rezado para que isso acontecesse!...

JEANNE – Odiar ela certamente não odeia V. Eminência.

CARDEAL – Como posso me assegurar disso?

JEANNE – Ué, eu pergunto a ela.

CARDEAL (ASSOMBRADO) – Mas... Você tem este acesso à rainha?

JEANNE – Desde aquele dia que o sr. me viu lá.

CARDEAL – Oh, meu Sagrado Espírito Santo!... Hoje é o dia dos milagres. (COM AS MÃOS PARA O ALTO) Cagliostro, sábio vidente, abençoada seja a tua alma iluminada e profética!

E ENQUANTO VAI ENTRANDO (BAIXO NO INÍCIO) MÚSICA GRANDIOSA, JEANNE OBSERVA, BOQUIABERTA, O CARDEAL, QUE SE AJOELHOU E DE MÃOS POSTAS PARA O ALTO AGRADECE...

Muito, muito, muito obrigado, meu maravilhoso, meu fabuloso, meu boníssimo bom Jesus!

CLÍMAX MUSICAL.

CENA 7

LUZES VOLTAM NA SALETA DE JEANNE. O FORTE IMPACTO DE UM LINDÍSSIMO GOBELIN, QUE ANTES NÃO ESTAVA, É IMEDIATO. RÉTAUX EM CENA, JEANNE, CHEGANDO,MUITO ELEGANTE. TRAZ NA MÃO UM PACOTE BONITO.

RÉTAUX (FAZENDO UM POUCO DE PALHAÇADA) - Mas o que é isso, onde é que estou?!... Como é que um Gobelin, que vale mais que o prédio todo, apareceu aqui?!... Jeanne, aquele assalto ao museu foi você o mandante?

BEIJARAM-SE. JEANNE NÃO ESTÁ PARTICULARMENTE ANIMADA COM A PERFORMANCE DE RÉTAUX, QUE SE ACHA MUITO ENGRAÇADO.

JEANNE – Por acaso você ainda não tinha visto o Gobelin?...

RÉTAUX – Não seja cara-de-pau, Jeanne. Isto chegou na minha ausência.

JEANNE – Foi um presente do Cardeal de Rohan.

RÉTAUX – Jeanne! O Cardeal de Rohan?! O escudeiro-mor do reino?! Meu Deus!... Você conseguiu!... Enfim, um peixe grande no seu harém! Mas você não vai dispensar os bagrinhos, o Nicolau e eu, vai?

JEANNE (QUE FOI COLOCAR O PACOTE EM CIMA DA MESA) – Pára de dizer besteira!...

RÉTAUX – O que é que v. fez prá ele te dar este Gobelin? Com certeza algo que você nunca fez comigo. Estou ficando com ciúmes.

JEANNE – Não enche. Vá buscar suas coisas de escrever. Temos muito trabalho pela frente.

RÉTAUX – Não vou buscar nada sem você me contar como pescou o cardeal.

MAS, NA VERDADE, JÁ ESTÁ OBEDECENDO E INDO.

JEANNE – Não fiz nada com o cardeal. Deixa de ser idiota. Vou apenas reconciliar S. Eminência com a rainha.

RÉTAUX – E eu vou depor o Papa.

JEANNE – Não se pode falar sério com você. Traz suas coisas.

RÉTAUX – Como você vai reconciliar S. Eminência com alguém que mal conhece?

RÉTAUX SENTOU-SE À MESA COM SEUS PETRECHOS. JEANNE SENTARA TAMBÉM.

JEANNE – O cardeal pensa que me dou muito bem com ela.

RÉTAUX – Baseado em que que ele pensa isso?

JEANNE – Ele não soube que estive com a rainha no gabinete da Mme. Dérain há mais de três meses? E que ela me tratou muito bem e conseguiu até um emprego pro Nicolau no regimento d´Artois?

RÉTAUX - Isto você nem me falou.

JEANNE – Segui seu conselho, Rétaux. Só trabalhei nisso o tempo todo: aprofundar a crença do cardeal de que me dou bem com Maria Antonieta. Cada vez que o Cardeal vai a Versalhes, topa comigo na passagem por onde saem as pessoas que estiveram com a rainha. E, há dois meses, o Cagliostro me deu uma ajuda que eu considero divina: teve uma visão do elo entre o cardeal e a rainha. Advinha quem ele identificou como sendo o elo?!...

RÉTAUX – Não acredito. As visões do conde são sempre muito acertadas.

JEANNE – Daí a força do meu aval!... Não vai abrir o pacote?

RÉTAUX – O que é que tem aqui?

JEANNE – Papel de carta. Vamos escrever uma carta.

RÉTAUX (ENQUANTO VAI ABRINDO) – Para quem?

JEANNE – Para o cardeal de Rohan.

RÉTAUX – Que papel mais lindo!.... Com as flores - de-lis. É nesse papel que vai a carta ao cardeal?

JEANNE – Como é de seu conhecimento, a rainha andou às turras com o cardeal. Mas agora a sua raiva se abrandou, e neste sentido, me enviará um bilhete com referências simpáticas à S. Eminência.

RÉTAUX – Como v. sabe o que a rainha escreveu?

JEANNE – Porque quem vai nos fazer a gentileza de escrever o bilhete da rainha é você.

RÉTAUX – Como?!...

JEANNE – Não se preocupe com o texto, que eu ditarei.

RÉTAUX – Você ficou louca?!

JEANNE – Senta. Não seja criança.

RÉTAUX – Isso dá cadeia braba!

JEANNE – Não, porque eu assumo.

RÉTAUX – Você está perdendo as referências.

JEANNE – Pelo contrário, estou achando as verdadeiras.

RÉTAUX – Falsificar a letra de Sua Majestade?!... Começa que eu nem sei como é.

JEANNE – Não seja por isso. EXTRAI DE SUA BOLSA UM BILHETE.

RÉTAUX – O que é isso?

JEANNE – Leia.

RÉTAUX (LENDO) – "Devolvo os livros. Leia na outra página." Não entendi.

JEANNE – Faz parte de um bilhete da rainha, que recolhi numa das minhas visitas a Mme. Dérain.

RÉTAUX – E eu vou escrever o bilhete onde? A rainha usa um papel especial boras douras, flor-de-lis em relevo...

JEANNE – Já examinou o papel que achou bonito?...

RÉTAUX AGORA EXAMINA UMA FOLHA MAIS NITIDAMENTE.

RÉTAUX – Meu Deus!... Como você conseguiu isso?...

JEANNE – Tenho bons contatos.

RÉTAUX (MAL-HUMORADO) – Você pensa em tudo.

JEANNE – E você não sabe de metade da missa. (PASSOU-LHE OUTRO PAPEL) Pega a pena e aprenda o jeito dela de escrever.

RÉTAUX PÕE-SE A ESCREVER. AOS POUCOS VAI SE ENTUSIASMANDO COM A TAREFA.

RÉTAUX – Não é dificil... É uma letra clara, bem desenhada, de uma pessoa caprichosa... Olha só...

JEANNE – Meu Deus!... Se não visse você escrevendo eu juraria que é ela. Rétaux, você é um gênio!... DÁ-LHE UM BEIJO, EMPOLGADA.

RÉTAUX LARGA A PENA PARA SAIR PARA AS VIAS DE FATO.

JEANNE – Não, não... primeiro o trabalho!....

E NO QUE ELE VOLTA A PEGAR A PENA, ELA SE AJEITA, PASSA A MÃO NUMA AGENDA, QUE ABRE NA PÁGINA CERTA, COMEÇANDO A DITAR.

B.O.

CENA 8

NO QUE SE APAGOU A LUZ, OUVIMOS UMA VOZ MASCULINA NO ESCURO.

VOZ – À Condessa de Valois,

Querida prima,

Falou-me que se tornou amiga do cardeal de Rohan. De fato, minhas restrições à S. Eminência são severas.

O PÚBLICO DEVE PERCEBER, A PARTIR DE UM DADO MOMENTO, QUE É O PRÓPRIO CARDEAL QUE ESTÁ LENDO A CARTA .

VOZ (CONTINUANDO) – Porém, soube de atos seus de caridade, recentes, entre os quais a ajuda à princesa de Guéméné, que me impressionaram muito bem.

Não excluo, portanto, a possibilidade de reavaliar um dia o meu passado relacionamento com o sr. cardeal.

Com a amizade de sempre,

Maria Antonieta de França.

A ESSA ALTURA, AS LUZES JÁ VOLTARAM, REVELANDO ROHAN NO MEIO DA BIBLIOTECA–ESCRITÓRIO, DE PÉ, ACABANDO DE LER A CARTA. A SEU LADO, JEANNE, SE POSSÍVEL NUMA ROUPA DIFERENTE DA CENA ANTERIOR.

CARDEAL (EMOCIONADO) – Oh, Jeanne, Jeanne, que bom, como te agradeço. (ABRAÇA-A, BEIJA-A NO ROSTO)

JEANNE – Eu não fiz nada, Eminência.

CARDEAL – Como não fez? Já se vão oito anos que voltei de Viena e até hoje não me dirige a palavra, sequer olha para mim.

JEANNE – Pois a próxima vez preste bem atenção quando for à Versalhes. Acho que consigo que a rainha olhe, ao menos, para V. Eminência.

CARDEAL – Pois não sabe o quanto me deixa feliz.

JEANNE – Nem V. Eminência sabe o quanto me deixa feliz deixá-lo feliz.

OS DOIS RIEM E RINDO SE ENCAMINHAM PARA OS FUNDOS DA BIBLIOTECA.

B.O.

CENA 9

SPOT NO ABADE À ESCRIVANINHA, ESCREVENDO SEU DIÁRIO. NO MOMENTO, RELÊ EM VOZ ALTA O QUE ESCREVEU E FAZ CORREÇÕES, ÀS VEZES.

ABADE – Há muito tempo que Sua Eminência não vive tão intenso estado de felicidade. Isto se deve, sem dúvida, à condessa, que está conseguindo abrandar o coração de Sua Majestade. O cardeal esteve em Versalhes e a rainha olhou para ele.

Confesso aqui as minhas dúvidas. Terá olhado mesmo? A pessoa, quando quer desesperadamente algo, pode até imaginar por uns instantes que já está de posse daquele algo.

FALANDO BEM MAIS ALTO NA DIREÇÃO DA BIBLIOTECA.

O que acha, sr. conde?

LUZES SOBEM NA BIBLIOTECA SOBRE A POLTRONA EM QUE REENCONTRAMOS O CONDE CAGLIOSTRO. A SEU LADO, UMA MESINHA COM MUITOS PAPÉIS.

CAGLIOSTRO – Pelo que vejo aqui, a fase da rainha olhar para S. Eminência já foi ultrapassada. Ouça:

(LENDO) – Querida condessa, não tenho podido recebê-la com a assiduidade que desejaria. El-Rei adora caçar e às vezes o acompanho. Isto não é hábito em França e dá às pessoas novas razões para falarem mal de mim. Tenho pensado no cardeal de Rohan com simpatia. Peça-lhe que me mande um relato do que aconteceu entre ele e a mamãe.

ABADE – O sr. cardeal mandou três páginas compactas.

CAGLIOSTRO – E a rainha as recebeu. Veja... CATOU NO MEIO DOS PAPÉIS E ACABOU POR BRANDIR UM BILHETE QUE LOGO LÊ.

Querida condessa... blá, blá, blá... Está aqui: "... acuso o recebimento de seu honesto relato. V. Eminência assume os comentários ácidos que fez sobre mamãe, porém repudia a intensa, absurda e maldosa divulgação de uma carta diplomática e reservada, divulgação esta que se deve à Mme. Dubarry e à poderosa camarilha antiaustríaca.

EM DADO MOMENTO, CAGLIOSTRO PAROU DE FALAR TÃO ALTO PORQUE NOTOU QUE O ABADE TINHA CHEGADO JUNTO DELE.

ABADE (SENTANDO-SE AO LADO DE CAGLIOSTRO) – O que acha disso tudo?

CAGLIOSTRO – Obviamente, o conceito de S. Eminência junto à rainha melhorou muito. Passou da água para o vinho.

ABADE – Mas... pelo amor de Deus, que ninguém nos ouça... Serão mesmo da rainha estes bilhetes?

CAGLIOSTRO – Porque não deveriam ser?... Tem alguma desconfiança?

ABADE – Não, não... É apenas uma vaga inquietação.

CAGLIOSTRO – O papel é autêntico. É o que a rainha usa. A letra é dela. E S. Eminência, não sei se por acaso ou por ansiedade, está pedindo uma prova dos nove. Veja... COMEÇA A PROCURAR ENTRE OS BILHETES. É um trecho em que a rainha se dirige diretamente à S. Eminência... AFINAL ACHA. Aqui... E LÊ: *...a entrevista que me pede... sinto em não poder receber V. Eminência por enquanto... Avisarei quando as circunstâncias permitirem. Seja discreto.* Pessoalmente, acho extraordinária esta mudança de Sua Majestade.

ABADE – Será que a rainha teme os reflexos políticos da sua nova postura?

CAGLIOSTRO – Aqui... Outro bilhete: "...Ainda não será desta vez. Lamento. Mas aproveite e cultive a mais divina das virtude: a paciência." Sua Majestade tem senso de humor.

ABADE – É...

CAGLIOSTRO (LEVANTANDO-SE) – Por favor, recomende-me a S. Eminência e diga-lhe que o espero amanhã no horário habitual.

ABADE – E... Quanto a isso?... APONTA A MESINHA COM OS BILHETES.

CAGLIOSTRO - Aguardemos os fatos.

ABADE (QUE SE TINHA LEVANTADO TAMBÉM) – E se os fatos não forem favoráveis a S. Eminência?

CAGLIOSTRO (FOI PEGANDO SEU CASACO E CHAPÉU, AJUDADO PELO ABADE) – Não duvide, caro abade. Seus receios não são de todo infundados. Uma grande tormenta ameaça envolver S. Eminência.

ABADE – Meu Deus!.. E há alguma coisa que possamos fazer?

CAGLIOSTRO (JÁ DE CASACO, RUMANDO PARA A SAÍDA) – Claro que há.

ABADE – O que é?

CAGLIOSTRO – Rezar.

B.O.

CENA 10

SALETA DA CASA DE JEANNE. NOTAM-SE DRAMÁTICAS MELHORAS NA APARÊNCIA DA SALA. MÓVEIS NOVOS, TAPETES, QUADROS, CORTINAS.

À MESA, RÉTAUX, ENQUANTO JEANNE VEM VINDO COM A CAIXA DO RICO PAPEL DE CARTA. O RESTO DOS PETRECHOS PARA ESCREVER JÁ ESTÁ DE PRONTIDÃO.

JEANNE – Que horas vem a moça?

RÉTAUX – Daqui a pouco.

JEANNE – É parecida com ela?

RÉTAUX – Acho que sim.

JEANNE – Acha?!... Se não for, não serve.

RÉTAUX – Prá mim é.

JEANNE – E tem que ter um certo desembaraço.

RÉTAUX – Já foi atriz.

JEANNE – Bom. Mas não é mais?

RÉTAUX – Desistiu da carreira. Disse que pagava pouco.

JEANNE – O que é que ela faz agora?

RÉTAUX – É prostituta.

JEANNE – Ah. Enquanto ela não chega vamos agir. O cardeal está pressionando cada vez mais com este encontro. Já preparei o bilhete. ENTRA UM CRIADO DE LIBRÉ.

CRIADO – Com licença, sra. condessa.

JEANNE – O que há?

CRIADO - Está lá fora um senhor que deseja falar com a condessa.

JEANNE – Quem é?

CRIADO – O cardeal de Rohan.

JEANNE – O quê?!

PÂNICO, CORRERIA. JEANNE DISPARA COM A CAIXA PARA ESCONDÊ-LA EM ALGUM LUGAR MAIS APROPRIADO. RÉTAUX DESPINGUELA E SOME DO QUARTO, MAS LOGO VOLTA PARA APANHAR O PALETÓ QUE ESQUECERA SOBRE O ENCOSTO DA CADEIRA, JEANNE RECOLHE CHINELAS E ALGUMA ROUPA DE BAIXO ESPALHADA NAS CADEIRAS. O CRIADO PERMANECE IMPÁVIDO.

JEANNE (DEPOIS DE PASSAR UMA VISTA D´OLHOS EM VOLTA) Mande entrar o sr. cardeal.

CRIADO - Sim, sra. condessa. (SAI E INSTANTES DEPOIS VOLTA, DIZENDO) - Por aqui, sr. cardeal.

ENTRA ROHAN. PELA PRIMEIRA VEZ VESTE OS TRAJES SUNTUOSOS DE SEU CARGO. ESTÁ MAGNÍFICO. JEANNE RECEBE-O COM UMA MESURA PROFUNDA. O CRIADO SUMIU.

CARDEAL – Querida condessa, mil perdões por esta invasão.

JEANNE (SAINDO DA MESURA) - Meu Deus, como está bonito.

CARDEAL (UM TANTO SURPREENDIDO) – Acha?

JEANNE – Com um cardeal desses eu me ajoelharia, pediria perdão de meus pecados e imediata autorização para cometer outros.

CARDEAL – Não brinque assim comigo, estou atrasado, tenho uma missa para rezar na Notre-Dame. Não quer vir comigo?

JEANNE – Não posso nem seria conveniente. Eu ficaria pensando em coisas que não devo durante a missa.

CARDEAL (PASSANDO OS OLHOS EM VOLTA) – Está bem instalada, condessa. É agradável aqui.

CONDESSA – É... Já foi pior.

CARDEAL – Eu só passei para aplacar minha ansiedade. Conseguiu meu encontro com a rainha?

CONDESSA – Consegui sim, eminência.

CARDEAL – Oh, graças, graças a Deus. Prá quando é?

CONDESSA – Prá muito breve. Receberá um bilhete logo.

CARDEAL (BEIJANDO-LHE A MÃO) – É um anjo. RUMA APRESSADO PARA A SAÍDA. DETÉM-SE NA PORTA. Estou ansioso, mas muito, muito feliz. SAI.

NO QUE SAI, SURGE RÉTAUX DOS FUNDOS.

RÉTAUX – Mas é esse o representante de Nosso Senhor sobre a terra?

JEANNE – O que é que há? Achou ele muito feio?

RÉTAUX – Achei ele muito profano. Espanta qualquer santo. Por falar nisso, por pouco seu plano não vai água abaixo.

JEANNE – Como é?

RÉTAUX - Alexandrina chegou e seu criadinho já ia entrando com ela no meio do teu encontro com o reverendíssimo.

JEANNE – Pelo amor de Deus! Onde ela está?

RÉTAUX – Sentadinha no quarto dos fundos.

JEANNE – E o nome dela é Alexandrina?... Isso é nome de prostituta?

RÉTAUX (SAINDO) – Quando ela foi batizada, ela ainda não era.

RÉTAUX SAI E INSTANTES DEPOIS VOLTA, VAI ATÉ O MEIO DA SALA, PERCEBE QUE NÃO FOI SEGUIDO.

RÉTAUX (FALANDO ALTO) – Pode vir.

ENTRA DOS FUNDOS A RAINHA MARIA ANTONIETA. PELO MENOS, É A PRIMEIRA IMPRESSÃO QUE AS PESSOAS TÊM, PORQUE ALEXANDRINA É A CARA DA RAINHA. AO VÊ-LA JEANNE QUASE CAI SENTADA.

JEANNE – Minha Nossa Sra.!

ALEXANDRINA É UMA MOÇA TÍMIDA, ÓBVIAMENTE UMA PESSOA DO POVO, MAS TEM UM TIPO ARISTOCRÁTICO. CUMPRIMENTA A CONDESSA COM UMA MESURA BASTANTE ELEGANTE.

ALEXANDRINA – Madame.

JEANNE – Incrível.

RÉTAUX – Ela tem ou não tem a cara do serviço?

JEANNE – Chegue um pouco mais perto, Alexandrina, e não tenha medo de nada. Gostei de você, vamos ser grandes amigas.

ALEXANDRINA (OBEDECENDO) – Muito obrigada. Eu também gostei da sra.

JEANE – Sente-se. Com que então, v. se entrega à prática do meretrício.

ALEXANDRINA – Não sra. Eu sou puta.

JEANNE – E você gosta de ser puta?

ALEXANDRINA – Gosto.

JEANNE – Essa menina me agrada mais e mais.

RÉTAUX – Ela é ótima.

JEANNE – Você estaria interessada em trabalhar para mim?

ALEXANDRINA – Prá fazer o que, sra. condessa?... Tem coisas que não faço: não transo com bicho, não transo com mais de dois caras ao mesmo tempo, não bato em ninguém e não gosto de apanhar.

JEANNE – Não é prá transar com ninguém, é prá você se fingir de outra pessoa. Levanta, por favor, e ande um pouco pela sala... Imagine que você é uma rainha... Ande como uma rainha... Ótimo, até que você tem majestade... Agora pára.... Tem um cavalheiro a teu lado, sussurra para ele: *Monsenhor... seja discreto...* Ótimo. Agora ofereça a mão para ele beijar. ALEXANDRINA FAZ TUDO ISSO DE FORMA LEVE, DESCONTRAÍDA, ELEGANTE. Sorria... Agora faça uma cara de aborrecimento... De tristeza... De alegria...

RÉTAUX (AO LADO DE JEANNE) – Escuta, ela está fazendo teste para Fedra?!

JEANNE – Eu acho que ela daria uma Fedra ótima.

RÉTAUX – O quê?!... Mas ela serve?

JEANNE - Se ela não servir, ninguém mais serve.

B.O.

MÚSICA, QUE LOGO PASSA PARA SEGUNDO PLANO, VINDO PARA PRIMEIRO PLANO A VOZ DO CARDEAL.

VOZ DE CARDEAL (OBVIAMENTE LENDO UM TEXTO) – Sua Majestade autoriza o comparecimento do sr. Cardeal de Rohan, às 11 horas da noite, junto ao terraço do jardim de Versalhes.

SPOT SOBE NUM ERMO COM ALGUMAS RAMAGENS E DUAS SILHUETAS QUE SE APROXIMAM. (ESTA CENA SE PASSA NO PROSCÊNIO) NO QUE ATINGEM UMA ÁREA UM POUCO MELHOR ILUMINADA, RECONHECEMOS MARIA ANTONIETA ACOMPANHADA DE UM EMBUÇADO. E É SOMENTE AO FALAR QUE PERCEBEMOS ...

MARIA ANTONIETA – Estou com medo.

...TRATA-SE DE ALEXANDRINA.

EMBUÇADO (QUE TEM A VOZ DE RÉTAUX) – Não tenha medo, baronesa Oliva.

ALEXANDRINA (QUE TRAZ NA MÃO UMA ROSA) - Baronesa Oliva?

RÉTAUX – Não foi combinado que seu nome seria baronesa Oliva?

ALEXANDRINA – Foi?

RÉTAUX – Por favor, fique tranqüila. V. tranqüila é ótima. Faça tudo como ensaiamos. O gentil-homem chega, você lhe entrega a rosa, e diz o que foi combinado. Não diz: sussurra.

ALEXANDRINA – Como sei que é ele?

RÉTAUX – Porque estará com a condessa... UM SINO AO LONGE COMEÇA A BADALAR ÀS 11 HORAS. Vamos ficar na sombra. SOMEM, ENQUANTO, NA OUTRA PONTA DA CENA, IGUALMENTE MAL ILUMINADA, SURGE JEANNE, ELEGANTÍSSIMA E APRESSADA.

JEANNE (FALANDO BAIXO E EM TOM DE URGÊNCIA) – Onze horas. Deve estar pedindo licença às damas.

O CARDEAL, DE CHAPÉU E TODO TRAJADO DE PRETO, TINHA ENTRADO.

CARDEAL – Que damas?

JEANNE – Ela passeia sempre a essa hora com as cunhadas.

CARDEAL – E recebe gente?

JEANNE – Só pessoas que ela deseja ver muito e que pelo protocolo iam demorar. DO LADO DE LÁ, ALEXANDRINA ENTROU NA LUZ. Olha... Olha...

CARDEAL – Oh, meu Deus!... Como é linda!... Uma visão de sonho!... PÕE-SE A CAMINHAR NA DIREÇÃO DE ALEXANDRINA, ENQUANTO JEANNE SOME NAS SOMBRAS.

NO QUE HOUVE SEUS PASSOS, ALEXANDRINA VAI SE VOLTANDO PARA O CARDEAL. AGORA ESTÃO MAIS PERTO E SEUS OLHOS SE ENCONTRAM...

CARDEAL (QUE TINHA TIRADO SEU CHAPÉU) – Oh! Majestade... ATIRA-SE A SEUS PÉS E BEIJA A FIMBRIA DE SEU VESTIDO. DEPOIS, OLHANDO PARA ELA... Meu coração só falta saltar do meu peito...

ALEXANDRINA ENTREGA-LHE A ROSA... APOIADO SOBRE UM JOELHO, O CARDEAL RECEBE A ROSA.

ALEXANDRINA (SUSSURRANDO) – O sr. sabe o que isso significa...

O CARDEAL LEVA A ROSA AO PEITO E VAI DIZER ALGUMA COISA QUANDO IRROMPE DA ESCURIDÃO O EMBUÇADO.

O EMBUÇADO (RÉTAUX) – Majestade, vossas cunhadas vos procuram, venha urgente, por favor. E LEVA ALEXANDRINA, QUE LANÇA UM ÚLTIMO OLHAR AO CARDEAL, QUE ESTENDE SUAS MÃOS (UMA SEGURANDO A ROSA) NA DIREÇÃO DELA, NUM MUDO ADEUS DE TERNURA E AGRADECIMENTO APAIXONADO.

JEANNE (QUE TINHA SURGIDO PELO LADO QUE CHEGOU) – Eminência, venha depressa antes que fechem a grade. SOME APRESSADA.

ROHAN (DE JOELHOS, EMOCIONADÍSSIMO, APERTANDO A ROSA AO PEITO) – Meu Deus, meu Deus, muito obrigado. Muito, muito, muito obrigado. Este é o dia mais feliz da minha vida!...

MÚSICA.

B.O.

FIM DO PRIMEIRO ATO

O Colar da Rainha – Ato II

SPOT NO NARRADOR

NARRADOR – Dos 90 dias que Boehmer concedeu ao seu sócio para a desmontagem do colar, grande parte já passou. Portanto, o sr. Bassenge está cada vez mais aflito.

CENA 1

B.O. NO NARRADOR. LUZES SOBEM NA SALETA DE JEANNE. ESTÁ VAZIA. OUVIMOS TILINTAR DE CAMPAINHA. SURGE O CRIADO, PASSA PELA SALA, SAI E OUVIMOS EM *OFF* O SEGUINTE DIÁLOGO:

VOZ DE HOMEM – Desejo falar com a condessa.

VOZ DO CRIADO – A sra. condessa não se encontra.

VOZ DE HOMEM – Não se encontra onde?

VOZ DO CRIADO – Aqui, na casa dela.

VOZ DE HOMEM – Não tem problema. Eu entro assim mesmo.

VOZ DO CRIADO – Mas o sr. não pode. Mas o que é isso? Quem é o sr.?

SURGIU O NICOLAU, QUE NADA TEM DE FINO.

NICOLAU – Eu sou seu patrão.

CRIADO – O quê?

NICOLAU – Mas como está isso aqui!... Que luxo!... Nossa. Se soubesse, jamais teria me separado de Jeanne.

CRIADO – O sr. é...?

NICOLAU – O conde. Não parece, mas sou.

NICOLAU VESTE O UNIFORME DO REGIMENTO DO CONDE D´ARTOIS, IRMÃO DO REI.

CRIADO – Ah, bom, o sr. me desculpe, eu não sabia...

NICOLAU – Não se desculpe, não sou de cerimônia. Me diga, veio alguém da gendarmaria me procurar?

CRIADO – Que eu saiba, não. O sr.... teve algum problema com... a polícia?

NICOLAU – Tive. Fui assaltado. Roubaram meu relógio. Dei queixa e deixei este endereço.

CRIADO – Bem, eu posso perguntar à sra. condessa se...

NICOLAU – Quem mais mora aqui?

CRIADO – Quem mais mora aqui?...

NICOLAU – Pode ser franco. Sou um marido liberal, corno assumido...

CRIADO – Bem.. O sr. Rétaux de Vilette.

NICOLAU – O quê?... Jeanne continua com este pateta ?... Mas ela deve ter outros amantes também, a não ser que tenha mudado muito. ENFIA UM DINHEIRO NA MÃO DO CRIADO.

CRIADO – Obrigado, sr. Que eu saiba, além do sr. Rétaux não há mais ninguém. Mas madame e o sr. cardeal de Rohan são muito amigos.

NICOLAU – Disso eu já desconfiava. E ela dá recepções aqui, de vez em quando?

CRIADO – O sarau de madame é às quartas-feiras, à noite. Vêm pessoas importantes: diplomatas, juízes, banqueiros, advogados... Madame toca o cravo e o sr. Rétaux toca violino.

NICOLAU (AR GOZADOR DE UM DESLUMBRADO PELAS ARTES) - Oooooooooh!

JEANNE (QUE ENTROU SEM SER PERCEBIDA) – É porque muitos poetas, compositores, pintores, pessoas ligadas às artes também freqüentam o meu sarau.

CRIADO – Oh, madame, eu só estava explicando ao sr. conde...

JEANNE – Eu sei o que você estava fazendo. (PARA NICOLAU) Não precisava gastar seu dinheiro com Florêncio, eu teria dado todas as informações de graça.

NICOLAU – Nossa, como estamos mal-humorados!... Isto são formas de receber um marido complacente?

JEANNE – Gosto de ser avisada antes de receber alguém. Especialmente com quem acertei uma separação definitiva.

ENTREMENTES FLORÊNCIO, O CRIADO, SUMIU DISCRETAMENTE.

NICOLAU – Não seja tão hostil. Não vim reatar nada. SENTOU-SE. Antes de tudo, parabéns. A prosperidade bateu à sua porta e você teve o bom senso de abri-la. Você não era assim no meu tempo.

JEANNE – No seu tempo só batiam à porta os credores.

NICOLAU – Também é verdade. Bem, vamos ao que interessa. Você conhece um advogado chamado Laporte?

JEANNE (SENTANDO-SE) – Laporte?... Acho que já esteve aqui numa dessas quartas-feiras.

NICOLAU – Laporte tem um irmão que é meu colega de regimento. Ao saber quem eu era me pediu que falasse com você.

JEANNE – Sobre o quê?

NICOLAU – Um contraparente do Laporte anda desesperado e precisa de alguém que se dá com a rainha.

JEANNE – Quem é esse contraparente?

NICOLAU – Um joalheiro chamado Bassenge.

JEANNE – Espera... Não é o sócio de Boehmer?

NICOLAU – Esse mesmo. Conhece-o?

JEANNE – De nome.

NICOLAU – São os joalheiros que ofereceram um colar à rainha.

JEANNE – E que a rainha recusou. Eu sei do caso. Como, aliás, todo mundo.

NICOLAU – Laporte contou para o irmão dele que, nas palavras de Bassenge: "A rainha se apaixonou pelo colar." E que a recusa já vai para quase três meses, portanto, está quase esquecida. Com um empurrãozinho, acha Bassenge , o negócio agora deslancha.

JEANNE – E Laporte pensou em mim para dar o empurrãozinho.

NICOLAU – Exato.

JEANNE – E porque Laporte não falou comigo diretamente?

NICOLAU – Acho que ficou um pouco intimidado. Você agora é uma pessoa importante, que consegue da rainha até isso: um posto para mim no regimento de d´Artois.

JEANNE – Bom, eu preciso refletir um pouco. Primeiro, quero ver o colar.

NICOLAU – Isto não deve ser difícil.

JEANNE – Fala com o Laporte e me procura semana que vem. Até lá já terei consultado um amigo, que no momento se encontra na Alsácia.

NICOLAU (MEIO À PARTE) – O pior é que eu já sei quem é esse amigo.

JEANNE – Como?

NICOLAU (LEVANTANDO-SE E SAUDANDO-A) – Foi um prazer revê-la, Jeanne. Você já é a grande dama que sonhou ser.

JEANNE – Ainda não, mas estou chegando lá, se Deus quiser.

NICOLAU (DESPEDINDO-SE) – E eu fico feliz de ter dado sorte a você.

JEANNE – Querido, você só me deu sorte uma vez. No dia em que se separou de mim.

B.O. NA SALETA. *SPOT* NO NARRADOR.

NARRADOR – Três dias depois.

CENA 2

VOLTAM AS LUZES NA SALETA DE JEANNE. JEANNE E RÉTAUX TOMAM O CAFÉ DA MANHÃ SERVIDOS POR FLORÊNCIO. RÉTAUX JÁ ESTÁ MEIO VESTIDO. JEANNE ESTÁ BEM PENTEADA E MAQUILADA, MAS DE ROUPÃO.

RÉTAUX (RELATANDO) – É uma grande casa assobradada, muito, muito bonita, embora um tanto caída. Fica no centro de um área de uns 5 hectares, possui um pequeno lago, onde vi patos deslizando, e frondosas árvores tornam a frente da casa muito acolhedora.

JEANNE – É isso mesmo... adoro aquela casa. Pelo que vejo não mudou nada desde a minha infância. Foi residência de verão do rei Henrique II, meu tataravô. Meu sonho é comprá-la.

RÉTAUX – E o sonho do prefeito é vendê-la, porque sua manutenção custa uma fortuna.

JEANNE – Quanto ele está pedindo?

RÉTAUX – 250.000 libras.

JEANNE – Deus do céu. Onde vou arranjar tanto dinheiro?

FLORÊNCIO, QUE DEPOIS DE SERVIR O CAFÉ TINHA SAÍDO, AGORA RETORNA.

FLORÊNCIO – O sr. conde de la Motte.

250 IRROMPE NICOLAU COM SEU UNIFORME DE SEMPRE E LONGA ESPADA.

NICOLAU – Bom dia, bom dia, bom dia Jeanne, bom dia colega. Meu Deus, vocês ainda estão assim?!

JEANNE – Assim como?!...

NICOLAU – Ué , daqui a pouco estão chegando.

JEANNE – Quem? Vê se fala coisa com coisa.

NICOLAU – Ué, os joalheiros.

JEANNE – Os joalheiros?! V. ficou maluco?

NICOLAU – Não vá me dizer que v. não recebeu meu bilhete.

JEANNE – Que bilhete?

NICOLAU – Será que aquele desgraçado não entregou? Vou matá-lo!... Não há mais criados confiáveis em Paris!

JEANNE – Pára de contar mentiras, você não mandou bilhete nenhum.

NICOLAU (CAINDO DE JOELHOS) – Juro pelo meu pai, quero vê-lo morto se estou mentindo.

JEANNE – Você sempre quis ver seu pai morto, por isso é que você jura falso prá ver se ele morre.

NICOLAU – E o desgraçado não morre.

FLORÊNCIO (ENTRANDO) – Os senhores Boehmer e Bassenge!

JEANNE – Eu não vou recebê-los. Eu não te disse prá marcar prá semana que vem?

NICOLAU – Laporte precipitou-se e eles estão loucos prá ver este assunto encaminhado.

JEANNE – Mas você... Só me coloca em apertos.

Rétaux, enquanto o sr. conde estiver por aqui v. vigia a prataria. (PARA FLORÊNCIO) Manda entrar.

FLORÊNCIO – Sim sra. E SAI.

NICOLAU – Como você é cruel.

NO QUE JEANNE ESTÁ SAINDO POR UMA PORTA, OS JOALHEIROS ESTÃO ENTRANDO PELA FRENTE. NICOLAU VAI RECEBÊ-LOS.

NICOLAU – Sou o conde de la Motte, marido da condessa. (APONTANDO PARA RÉTAUX) – O sr. Rétaux de Vilette, meu sucessor. OS JOALHEIROS CUMPRIMENTAM OS DOIS RETIRANDO OS CHAPÉUS E FAZENDO UMA MESURA.

RÉTAUX – Acomodai-vos, senhores, a condessa já vem.

BOEHMER – Chegamos um pouco antes da hora, receio.

NICOLAU – Absolutamente. Agora são pontualmente....VAI OLHAR AS HORAS, LEMBRA-SE. Lamento, roubaram meu relógio.

RÉTAUX – São dez horas.

SURGE JEANNE NA ENTRADA DA SALA. ESTÁ LINDA.

JEANNE (SAUDANDO-OS) - Desculpem a demora... Confesso que fui surpreendida com a vossa chegada .

BASSENGE – A sra. condessa não recebeu nosso aviso?

NICOLAU – Culpa minha.

BASSENGE – Podemos voltar em outra ocasião.

JEANNE – Imaginem. Tenho muito prazer em recebê-los.

BOEHMER – O sr. Laporte vinha com a gente, mas acabou impedido.

NICOLAU – Com licença. Fiquem à vontade, por favor. Rétaux, você vem?

RÉTAUX (NÃO MUITO SATISFEITO) – Com licença. E SAI COM NICOLAU.

BOEHMER – Por certo já sabe da nossa dificuldade, sra. condessa.

JEANNE - Sei que S. Majestade recusou o colar.

BASSENGE – Ela apaixonou-se pelo colar. Mas não quis aceitá-lo com o país inteiro olhando para ela. Se lhe for oferecido agora, de forma discreta, talvez por uma interposta pessoa, aposto que aceitará.

BOEHMER – Sabemos que se dá com S. Majestade. sra. condessa...

BASSENGE – Se pudesse persuadi-la...

JEANNE – A adquirir um colar, que eu nem vi ainda?

BOEHMER – Deseja vê-lo?

JEANNE – Seria importante, não acham?

BASSENGE – Quer vê-lo agora?

JEANNE – Agora?!

BOEHMER – Com licença.

OS JOALHEIROS RUMAM PARA A SAÍDA ENQUANTO A LUZ DESCE NA SALETA E SOBE NO ESCRITÓRIO DO ABADE GEORGEL.

CENA 3

SPOT NO ABADE, ESCREVENDO.

ABADE GEORGEL – S. Eminência passou um mês fora, mas seu coração permaneceu por aqui. Aproveitou a oportunidade de realizar algumas experiências de alquimia com o conde Cagliostro. Segundo muitas testemunhas, o conde conhece o segredo de transformar diamantes pequenos em diamantes de tamanho bem maior. Presenteou S. Eminência com um desses diamantes que são muito valiosos. Chegará em dois dias, não posso me esquecer de notificar a condessa.

B.O. NO ABADE.

CENA 4

LUZES VOLTAM NA SALETA DE JEANNE, REVELANDO O COLAR, MONTADO, COMO JÁ VIMOS, NO CENTRO DA CENA. ESGAZEADA, JEANNE CONTEMPLA A JÓIA. BOEHMER E BASSENGE OBSERVAM JEANNE. DE UMA PORTA SEMI-ABERTA, NICOLAU E RÉTAUX CONTEMPLAM O COLAR E OS DEMAIS.

JEANNE – É deslumbrante!... A gente não consegue afastar os olhos.

BASSENGE – A rainha ficou tão emocionada como a sra. O que está vendo, sra. condessa, é um sonho nosso de muitos anos.

BOEHMER – Se Sua Majestade desistir do colar...

BASSENGE – Nem fale isso.

BOEHMER – Teríamos que desmontá-lo e vender as pedras, uma a uma.

JEANNE – Seria um crime.

BOEHMER (PEGANDO AS DUAS MÃOS DE JEANNE) – Ajude-nos... por favor.

JEANNE – Bem... Talvez consiga persuadir S. Majestade a... A adquirir o colar por outra pessoa... Alguém de sua total confiança...

BOEHMER – Outra pessoa?...

BASSENGE – Quem seria esta outra pessoa?

JEANNE – O cardeal de Rohan.

BOEHMER – Mas o cardeal e a rainha... Não são inimigos?

JEANNE (COM UM SORRISO) – Muito menos do que as pessoas imaginam.

BOEHMER – Ah...

BASSANGE – O sr. cardeal seria perfeito.

JEANNE – Tenham paciência, meus senhores... Tendo paciência podemos ir bem longe...

BOEHMER – Com a sra. nos ajudando... Podemos ir até o inferno, não é, Bassenge?

BASSENGE – Espero que não. Espero que a condessa não nos leve ao inferno. Não faria isso com a gente, faria?

RISADAS DE TODOS EM CENA, INCLUSIVE DE NICOLAU E RÉTAUX, JUNTO À PORTA SEMI-ABERTA.

B.O. NA SALETA DE JEANNE. DO PALCO, ÀS ESCURAS, OUVIMOS UM TEXTO SENDO LIDO. AOS POUCOS, DURANTE A LEITURA DO TEXTO, AS LUZES VOLTARÃO. A VOZ É DA CONDESSA.

CENA 5

Meu bom amigo,

Desejo adquirir o colar, conforme a condessa vos deve ter relatado. Pagarei da minha caixa particular para que El-Rei não se aflija. Necessito duma pessoa de minha confiança, que possa tranqüilizar os joalheiros e conduzir as negociações. A condessa lembrou-se de Vossa Eminência, e eu concordei na hora. Se puder aceitar a incumbência, conte desde já com a minha gratidão.

Ass. Maria Antonieta de França

A ESTA ALTURA AS LUZES JÁ VOLTARAM. ESTAMOS NA BIBLIOTECA DO CARDEAL, JEANNE ACABOU DE LER O QUE OUVIMOS. ELA ESTÁ DE PÉ. A SEU LADO, SENTADO SOBRE O BRAÇO DE UMA POLTRONA, O CARDEAL, EM TRAJES DE CORTESÃO. ACABA DE RETIRAR DAS MÃOS DE JEANNE O BILHETE E PASSA A LER O QUE ESTÁ ESCRITO. CURTA PAUSA.

CARDEAL – Claro que aceito. Aceito com a maior alegria. Que felicidade, ela me honrar com um pedido desses. ABRE COM UMA CHAVE UMA GAVETA SECRETA E EXTRAI UMA CAIXA. Sabe o que tem nesta caixa? ABRE. Veja. Consegui preservar a rosa que me deu naquela noite...

JEANNE – Meu Deus... Está igualzinha... Não feneceu nem um pouco... Sua Majestade ficará emocionada quando eu lhe contar...

CARDEAL (CHAMANDO) – Georgel!... Georgel!... Traga uma agenda.

AGORA SURGEM TAMBÉM AS LUZES NO ESCRITÓRIO E ENTRA O ABADE COM UMA AGENDA BASTANTE AVANTAJADA.

CARDEAL – Desejo marcar um encontro com os joalheiros... Quando tenho uma hora livre?...

GEORGEL (DEPOIS DE PERCORRER UMA FOLHA E PASSAR PARA OUTRA) – V. Eminência estará mais livre no final de janeiro... O CARDEAL FOI ESPIAR.

CARDEAL – Vinte e nove de janeiro... Às seis da tarde. Perfeito. Anote por favor.

GEORGEL (RECOLHENDO A AGENDA) – Com certeza. Agora mesmo.

ENQUANTO GEORGEL SOME, O CARDEAL CHAMA A CONDESSA.

CARDEAL – Venha, venha.

SENTA-SE À ESCRIVANINHA DE GEORGEL E PÕE-SE A ESCREVER E A DIZER EM VOZ ALTA O QUE ESTÁ ESCREVENDO.

CARDEAL – Servirei Vossa Majestade em tudo que me pedir. Agradeço aos Céus a felicidade imensa que me concede de poder ser útil à mais linda e graciosa das rainhas.

Vosso dedicado e humilde servidor,

Luís, Cardeal de Rohan.

ENTREGA O BILHETE A JEANNE.

CARDEAL – Acha que ela vai gostar?

JEANNE – Ouso afirmar que Sua Majestade ficará imensamente satisfeita.

B.O. NA BIBLIOTECA-ESCRITÓRIO E *SPOT* NO NARRADOR.

CENA 6

NARRADOR – Estamos próximos de um momento crucial de nossa história: daqui a instantes passaremos do ponto de onde não há mais volta. E a trama seguirá seu curso fatal e inarredável.

CENA 7

B.O. NO NARRADOR, LUZES VOLTAM A SUBIR NA BIBLIOTECA-ESCRITÓRIO. O ABADE GEORGEL VEM ENTRANDO, SEGUIDO DOS SENHORES BOEHMER E BASSENGE.

ABADE – Por aqui senhores, tenham a bondade... O espaço é um pouco exíguo... Acomodem-se, por favor... S. Eminência já vem... Posso oferecer um chá... Uma água... Um vinho do Porto?

BOEHMER – Talvez um vinho do Porto... Mas depois.

ABADE – Entendo.

CURTA PAUSA. ENTRA O CARDEAL. EM TRAJES DE CORTESÃO.

CARDEAL – Sejam bem-vindos, senhores.

OS JOALHEIROS LEVANTAM-SE E SAÚDAM O ANFITRIÃO COM UMA REVERÊNCIA.

BOEHMER – Agradecemos a gentileza de V. Eminência em nos receber.

CARDEAL – Não tiveram dificuldade em achar este endereço?

BASSENGE – O palácio de V. Eminência é conhecido de todos.

O CARDEAL SENTA-SE. OS OUTROS SEGUEM SEU EXEMPLO. O CARDEAL PASSA OS OLHOS NO PAPEL QUE TROUXE E QUE ENTREGA A BOEHMER.

CARDEAL – Redigi este contrato conforme combinamos. Por favor, queiram conferir. O valor total a ser pago é de 1.600.000 libras, em quatro parcelas, que vencem de seis em seis meses. Hoje é dia 29 de janeiro. Portanto, a primeira parcela, de 400.000 libras, será paga em 1º de Agosto.

BOEHMER (QUE JUNTO COM BASSENGE ACOMPANHOU PELO CONTRATO AS PALAVRAS DO CARDEAL.) – Correto.

CARDEAL – Aceitamos uma multa contratual de 1,5% por atraso no pagamento. A desistência de qualquer parcela implica a devolução do colar sem restituição das parcelas já pagas.

BOEHMER – Confere. É isso mesmo.

CARDEAL – Como vêem, eu coloquei minha assinatura. Queiram assinar, então, se tudo estiver de acordo.

GEORGEL (QUE TINHA SAÍDO VOLTA AGORA COM UMA BANDEJA CONTENDO UMA GARRAFA DE VINHO DO PORTO E CÁLICES.) – Eis um vinho do Porto de 1710, saborosíssimo.

BOEHMER – (IMPRESSIONADO) – 1710. Nossa!...

CARDEAL – Muito apropriado para a ocasião, me parece.

OS JOALHEIROS PARECEM HESITAR. OLHAM-SE.

CARDEAL – Algum problema?

BOEHMER – Falta uma assinatura, sr. Cardeal.

CARDEAL – Que assinatura?

BASSENGE – A de S. Majestade, a rainha.

CARDEAL – Não me lembro de termos acertado isso.

BOEHMER – O assunto foi mencionado.

BASSENGE – V. Eminência, embora seja responsável pelos pagamentos, está adquirindo o colar em nome da rainha. Parece-nos correto oficializar a aquiescência de S. Majestade mediante sua assinatura.

CARDEAL – Vai atrasar a entrega do colar.

BOEHMER – Se V. Eminência enviar o contrato a Versalhes ainda hoje, talvez amanhã à tarde possamos entregar o colar.

CARDEAL – Muito bem. Cuidarei disso. RECOLHE O CONTRATO.

GEORGEL (IMPÁVIDO, SEMPRE SEGURANDO A BANDEJA) – Abro o vinho, Eminência?

CARDEAL – Não abre não. Não gosto de celebrar com antecedência. Dá azar.

B.O. NA BIBLIOTECA-ESCRITÓRIO.

CENA 8

LUZ NA SALETA DE JEANNE. É NOITE. EM TORNO DA MESA, JEANNE, RÉTAUX E NICOLAU.

JEANNE – O contrato está sendo assinado neste momento. Amanhã o colar será entregue ao cardeal. O cardeal leva o contrato à minha casa em Versalhes. Ali, S. Eminência espera entregar o colar pessoalmente à rainha.

NICOLAU – E como v. vai conseguir isso?

JEANNE – Não te preocupes. Teu setor é a vigilância. E a função da vigilância é evitar surpresas.

NICOLAU (INDICANDO RÉTAUX) – Ele vai fazer o quê?

JEANNE – O que eu mandar.

ENTRA FLORÊNCIO.

FLORÊNCIO – Está aí fora uma senhor, querendo falar com a sra. condessa.

JEANNE – A essa hora? Quem é?

FLORÊNCIO – Ele diz chamar-se Georgel.

JEANNE – Georgel?... É o secretário do cardeal! PARA OS DOIS. Saiam, saiam, enfiem-se no quarto.

NICOLAU (LEVANTANDO-SE DE MÁ VONTADE) – Mas será possível?! Tenho mais sossego no regimento!

OS DOIS SOMEM NO QUARTO.

JEANNE – Manda ele entrar.

FLORÊNCIO - Sim, sra. condessa.

SAI E LOGO VOLTA COM O ABADE, QUE VEM UM TANTO AFOBADO.

ABADE (COM UMA MESURA) – Sra. Condessa.

JEANNE – O que o traz aqui, sr. abade?

O CRIADO FICOU PARADO.

JEANNE – Pode retirar-se, Florêncio.

FLORÊNCIO – Sim, sra. condessa. SAI.

ABADE (PUXANDO DE SUA PASTA UM PAPEL) – Os joalheiros exigem a assinatura da rainha no contrato.

PASSA O CONTRATO A JEANNE.

JEANNE (SENTANDO E INDICANDO AO ABADE UM ASSENTO) – Mas isto tinha sido combinado?

ABADE – Não. Mas S. Eminência não quis contrariá-los.

JEANNE – Bem...

ABADE – O sr. Cardeal pede encarecidamente que consiga a assinatura de S. Majestade e devolva o contrato já assinado amanhã cedo. Assim, amanhã à noite S. Eminência poderá usufruir o supremo deleite de entregar o colar pessoalmente à S. Majestade.

JEANNE – Está bem. Farei o possível.

ABADE (LEVANTANDO-SE E SAUDANDO) - Sra. condessa... FAZ UMA MESURA .

JEANNE – Eu lhe acompanho. SAEM JUNTOS.

RESSURGEM DO QUARTO NICOLAU E RÉTAUX.

NICOLAU – E agora? O que é que vocês vão fazer?

RÉTAUX – O que você menos espera. PEGA A FOLHA DE PAPEL QUE JEANNE DEIXOU EM CIMA DE ALGUM MÓVEL, SENTA-SE E COMEÇA A EXAMINÁ-LO. RETORNA JEANNE.

JEANNE – Ouviu o que ele disse.

RÉTAUX (LEVANTOU-SE E FOI BUSCAR SEUS APETRECHOS DE ESCREVER) Ouvi tudo.

JEANNE (APROXIMA-SE DA MESA E FICA FISCALIZANDO O TRABALHO DE RÉTAUX) – Coloque ao lado de cada parágrafo a palavra "aprovado". Embaixo você assina como sempre: Maria Antonieta de França.

NICOLAU – Nossa!... Mas é simples assim?

JEANNE – Você não sabe como foi complicado chegar a este *simples assim*.

ENQUANTO AS LUZES VÃO BAIXANDO DEVAGAR NA SALETA DA CONDESSA, SOBEM NO ESCRITÓRIO-BIBLIOTECA.

CENA 9

MAIS UMA VEZ O ABADE VEM CONDUZINDO OS JOALHEIROS, QUE ACABAM DE CHEGAR.

ABADE – Cuidado... O espaço é um pouco exíguo...

BOEHMER (BEM-HUMORADO) – Não se preocupe... Já conhecemos o caminho... BASSENGE TROPEÇA E POR POUCO NÃO CAI. Êpa... Falei cedo demais.

BASSENGE - Não é nada. Estou um pouco nervoso. Só isso.

BOEHMER – E então, sr. abade, as notícias são boas?...

ENTRA O CARDEAL.

CARDEAL – As notícias são ótimas. Podem verificar. PASSA-LHES A PASTA QUE CONTÉM A FOLHA-CONTRATO. OS JOALHEIROS SENTAM E ESTUDAM O CONTRATO, HÁ UMA CURTA PAUSA. E DEPOIS, OS DOIS SORRIDENTES, OLHAM PARA O CARDEAL.

BOEHMER – Esplêndido, Eminência.

BASSENGE – O sr. goza junto da rainha de um raro prestígio, Eminência. Conseguir uma assinatura da rainha em menos de 24 horas. Confesso que não acreditava.

CARDEAL – E eu confesso que o mérito não é de todo meu. Possuímos uma poderosa madrinha junto à S. Majestade, grande amiga da rainha que por ela é capaz de tudo. A condessa de Valois.

BOEHMER – Tivemos a honra de conhecer a condessa pessoalmente. É uma pessoa admirável.

BASSENGE – Excelente caráter. E generosa. O que é raro em pessoas que atingem este nível de poder.

CARDEAL – É verdade... Como é, Georgel, este vinho do Porto sai ou não sai?

BASSENGE – Agora S. Eminência não tem mais razão de se privar do vinho.

BOEHMER – Claro que não. Pois estou entregando ao sr. cardeal o colar. ENTREGA-LHE O ESTOJO.

CARDEAL – Graças a Deus.

OS JOALHEIROS AJUDAM O CARDEAL A ABRIR O ESTOJO E MOSTRAM LHE O COLAR (MAS SEM MOSTRÁ-LO AO PÚBLICO). PAUSA.

CARDEAL – Maravilhoso. Não me canso de contemplá-lo.

O VINHO É DISTRIBUÍDO.

CARDEAL (BRINDANDO) – A este lindo e famoso colar da rainha. Que traga muita sorte e muita felicidade à S. Majestade e a todos nós.

OS DEMAIS – Amém.

MÚSICA FESTIVA.

B.O. NA BIBLIOTECA-ESCRITÓRIO. *SPOT* NO NARRADOR.

CENA 10

NARRADOR - No dia destinado à entrega do colar à rainha pelo sr. Cardeal, S. Eminência partiu cedo para Versalhes. Aí permaneceu até de noite, voltando muito tarde para Paris. Neste momento relata ao abade o que aconteceu.

LUZ RETORNA E SE AMPLIA NO ESCRITÓRIO, ATINGINDO A BIBLIOTECA, ONDE O CARDEAL, AINDA ENCASACADO E CHAPÉU NA CABEÇA, ANDA INQUIETO DE UM LADO PARA O OUTRO.

CARDEAL (FALANDO COM GEORGEL, QUE VOLTOU SUA CADEIRA NA DIREÇÃO DELE) – Fui muito bem recebido pela condessa na sua mansão de Versalhes.. Serviu-me uma ligeira refeição enquanto esperávamos por S. Majestade. Mas a rainha não chegava. Passou-se uma hora, duas horas, três horas e nada de Maria Antonieta. Quase quatro horas depois, quando já me dispunha a voltar com o colar, surge um fidalgo, vindo do palácio. Traz um bilhete da rainha em que ela pedia desculpas e lamentava não poder encontrar-nos porque El-Rei improvisara uma ceia e ela não tinha como afastar-se. Autorizava, contudo, a entrega do colar a este fidalgo, a quem nunca vi antes. Aliás, nem durante, porque aquele pórtico de entrada da casa onde a condessa o recebeu é muito mal iluminado.

ABADE – Mas o que fez V. Eminência?

CARDEAL – O que é que eu podia fazer? Entreguei-lhe o colar. Não queria, mas o bilhete era sem dúvida da rainha e a condessa insistia que eu entregasse o colar.

ABADE - Mas se há um bilhete de S. Majestade e se a condessa recomendou... O portador assinou um recibo?

CARDEAL – E eu ia entregar o colar sem recibo?...

ABADE – Então o sr. não tem o que temer.

CARDEAL – Mas porque essa inquietação estranha que estou sentindo?

ABADE – V. Eminência ficou desapontado por não ter visto S. Majestade. V. Eminência ansiava por entregar o colar pessoalmente.

CARDEAL – É verdade. E a condessa, que percebeu tudo, me prometeu um novo encontro com a rainha.

ABADE – Então. Não se amofine mais. No próximo encontro a rainha certamente agradecerá a vossa ajuda e jamais esquecerá o que fez por ela.

CARDEAL (RUMANDO PARA O INTERIOR DO PALÁCIO) – Esperemos que assim seja. (NÃO MUITO CONVENCIDO) Quem viver, verá.

B.O. NA BIBLIOTECA ESCRITÓRIO E LUZES SOBEM NA SALETA DE JEANNE.

CENA 11

NOITE DO DIA 30 DE JANEIRO. NA VERDADE, MADRUGADA DO DIA 31. EM CENA,TRABALHANDO EM TORNO DA MESA, NICOLAU, RÉTAUX E JEANNE. TODOS ELES COM LENTES DE JOALHEIRO (OU RELOJOEIRO) NUM OLHO, ENTREGUES À TAREFA DE DESMONTAR, POR MEIO DE INSTRUMENTOS ESPECIAIS, O COLAR. O TRABALHO CONSISTE, NA VERDADE, EM ABRIR COM CAUTELA AS PRESAS DE METAL, QUE SEGURAM OS DIAMANTES, AFIM DE SOLTÁ-LOS. UMA TOALHA AZUL CLARA COBRE A MESA E OS DIAMANTES SÃO COLETADOS EM RECIPIENTES ESPECIAIS. LONGA PAUSA, DURANTE A QUAL SÓ OUVIMOS OS PEQUENOS RUÍDOS OCASIONAIS DA OPERAÇÃO EM ANDAMENTO.

RÉTAUX – Realmente, não nasci para joalheiro. NINGUÉM REAGE. Seiscentos e tantos diamantes.

Em duas horas não desmontamos nem 20. Quer dizer, vamos passar o resto do ano em torno desta mesa.

NICOLAU – Rétaux, eu gosto mais de você quando está calado.

RÉTAUX – Já eu gosto mais de você quando está longe.

JEANNE - Parem com isso. E escolham os diamantes maiores. PARA RÉTAUX. Você vai mostrar alguns deles amanhã de manhã pro teu amigo que negocia com pedras. Só prá termos uma idéia de valor.

RÉTAUX – Acho um crime destruir assim um colar tão lindo.

NICOLAU – Jeanne, eu posso dar nele?

JEANNE – Não. Nem pode distrair-se e colocar sem querer um diamante no seu bolsinho.

NICOLAU – Você está me ofendendo.

JEANNE – Ótimo. Então faça o favor de revirar o bolsinho.

NICOLAU - Qual bolsinho? Este?

JEANNE – O do colete.

NICOLAU (OBEDECENDO) – Ôa. Não tem nada.

JEANNE – Puxa o forro prá fora!... Puxa o forro prá fora, Nicolau!

NICOLAU PUXA O FORRO COM TOTAL MÁ VONTADE. UMA PEDRINHA CAI NO MEIO DA MESA.

RÉTAUX – Mas que cretino!

NICOLAU – É uma lembrancinha. Não vale nada.

JEANNE – Que isto não se repita! Ouviu bem? Que isto não se repita!

NICOLAU – Que besteira! Você acha que eu ia me sujar por uma merdinha dessas?

JEANNE – Você ia não, você já se sujou.

RÉTAUX – Não há coisa pior que um ladrão desonesto.

NICOLAU – Isto vindo de um falsário desmontando um colar roubado não deixa de ser engraçado.

JEANNE – Chega. Façam o favor de trabalhar.

FORTES BATIDAS NA PORTA. SUSTO GERAL.

JEANNE (EM VOZ ALTA) – Quem é?!

VOZ (*OFF*, GRITANDO) – É a polícia!...

PÂNICO. NICOLAU DISPARA E SOME NO QUARTO. RÉTAUX CORRE, NÃO SABE O QUE FAZER, QUASE TROMBA COM JEANNE. DEPOIS, PEGA UMA TOALHA DE MESA, E COM A AJUDA DE JEANNE COBRE A MESA, OCULTANDO TUDO.

JEANNE (INDO PARA JUNTO DA PORTA) – O que é que vocês querem?

VOZ – Faça o favor de abrir.

JEANNE – Um momento. FAZ SINAL PARA RÉTAUX SUMIR. ESTE ENTRA NO QUARTO DONDE, PELA PORTA SEMI-ABERTA, NICOLAU ESTAVA ESPIANDO. JEANNE SOBE, SOME E LOGO VOLTA COM DOIS GENDARMES.

GENDARME I – Queremos falar com... OLHA UM PAPEL... Nicolau de la Motte.

JEANNE – Não está. É só com ele?

GENDARME I (PASSANDO O PAPEL À JEANNE) – É prá ele comparecer na gendarmeria com urgência. Rua Toulouse, 24.

JEANNE (OLHANDO O PAPEL) – Por quê? O que é que ele fez?

GENDARME I – Ele fez queixa do roubo de um relógio. Achamos o relógio. Ele tem que comparecer, identificar o objeto do delito e assinar um recibo.

JEANNE – Entregarei o recibo a ele.

GENDARME I – Como é o nome da sra.?

JEANNE – Jeanne de la Motte Valois. O GENDARME ANOTA O NOME.

GENDARME I – De segunda a sexta, a partir das 11 horas.

JEANNE – Passarei a informação ao sr. Nicolau. Ficará contente com a notícia.

GENDARME I – Obrigado. BATEM CONTINÊNCIA E SAEM ACOMPANHADOS DE JEANNE.

SURGEM RÉTAUX E NICOLAU, ESTE ÚLTIMO ESFREGANDO AS MÃOS. RETORNA JEANNE.

NICOLAU – Que maravilha! Acharam meu relógio!

JEANNE (AGARRANDO-O PELO GASGANETE) Mais uma dessas e eu mato você, desgraçado!

NICOLAU (SE ARRANCANDO) – Tá louca?!...O que foi que eu fiz?!

JEANNE VOLTA À MESA, MAL SE CONTENDO.

JEANNE – Senta! E trabalha!...

NICOLAU (RETORNA AO SEU LUGAR COM O RABO ENTRE AS PERNAS) – Eu, hein?

JEANNE (FEROZ) – Psiu!...

NICOLAU ABAIXA A CABEÇA E SE PÕE A TRABALHAR, MAS OLHANDO DESCONFIADO DE BAIXO PARA CIMA. RÉTAUX MAL DISFARÇA O RISO. CARA FECHADA DE JEANNE, TRABALHANDO. LONGO SILÊNCIO.

B.O.

CENA 12

LUZ NO PROSCÊNIO, RUÍDOS DE RUA E DE MUITO VENTO. PASSAM OS GENDARMES, DESTA VEZ ENVOLTOS EM SUAS CAPAS, DEPOIS PASSA RÉTAUX APRESSADO, TAMBÉM ENVOLTO NUM CASACO.

FINALMENTE SURGE JEANNE, EM ROUPAS DE RUA, TAMBÉM TENTANDO SE ABRIGAR DO VEN-

TO. PÁRA E ESPERA. OLHA AS HORAS. RETORNA RÉTAUX, APRESSADO. JEANNE FAZ UM SINAL, RÉTAUX VAI TER COM ELA. FALA EM TOM DE URGÊNCIA.

RÉTAUX – Nem pensar em vender os diamantes em Paris.

JEANNE – O que houve?

RÉTAUX – Meu amigo Guillaume ficou desconfiadíssimo. Me fez mil perguntas. Que há anos que não vê diamantes tão valiosos. E onde é que eu consegui isso? Eu disse que foi uma herança.

JEANNE – Você terá que ir à Londres para vender as pedras. Vamos embora.

B.O. NA CENA DE RUA. *SPOT* NO NARRADOR.

CENA 13

NARRADOR – A viagem de Rétaux e Nicolau a Londres foi um sucesso. Arrecadaram mais de 300.000 libras, Jeanne comprou a mansão de seus ancestrais em Bas-sur-Aube e passou a andar numa carruagem pintada com os lírios, símbolo da realeza, e os dizeres no escudo dos Valois: *Do meu antepassado, o Rei, eu possuo o sangue, o nome e os lírios.*

B.O. NO NARRADOR, LUZES SOBEM NA SALETA DE JEANNE.

CENA 14

JEANNE NO MEIO DA SALA. VESTE UM CASACO INDICANDO QUE ACABOU DE CHEGAR E TEM UM BILHETE NA MÃO.

JEANNE – Florêncio!... Florêncio!...

FLORÊNCIO (APARECENDO) – Sim madame.

JEANNE – Quem trouxe este bilhete?

FLORÊNCIO – Um abade. O abade... TENTA LEMBRAR O NOME.

JEANNE FAZ COM A MÃO UM GESTO IMPACIENTE PARA QUE SUMA, ENQUANTO COMEÇA A LER O BILHETE. FLORÊNCIO SOME. PASSAMOS A OUVIR A VOZ DO CARDEAL ENQUANTO JEANNE LÊ O BILHETE.

VOZ DO CARDEAL:

– Prezada condessa,

Acabo de chegar da Alsácia, faltam duas semanas para o pagamento da primeira parcela, até agora não recebi recado algum de S. Majestade e sei que ela ainda não usou o colar.

Aguardo urgente suas explicações.

Cordialmente,

Luís, Cardeal de Rohan.

JEANNE PENSATIVA.

B.O. EM JEANNE, *SPOT* NO CARDEAL, QUE SE ENCONTRA NO MEIO DE SUA BIBLIOTECA, ROUPA DE CORTESÃO.

CENA 15

O CARDEAL TEM UM BILHETE NA MÃO. ESTÁ PENSATIVO. VOLTA A LER O BILHETE.

CARDEAL (FALANDO CONSIGO MESMO) – Mas isto é um absurdo. Como vou lidar com isso? Eu tinha que falar com a condessa antes. ENTRA GEORGEL.

ABADE GEORGEL – Os senhores Boehmer e Bassenge chegaram.

CARDEAL – Manda entrar.

ENQUANTO GEORGEL VAI BUSCAR OS JOALHEIROS, O CARDEAL DOBRA E COLOCA NO BOLSO O BILHETE. SURGEM BOEHMER E BASSENGE.

CARDEAL – Entrem, entrem , por favor. INDICA DUAS CADEIRAS. Fiquem à vontade.

BOEHMER – Pedimos desculpas pela nossa urgência em falar com V. Eminência, mas o fato é que estamos preocupadíssimos. Não há nenhuma notícia da rainha e, afinal, é ela que deverá saldar a primeira parcela.

CARDEAL – Ela deverá saldar a primeira parcela, mas o responsável sou eu. Portanto, tirem essa preocupação de vossas cabeças. Por outro lado, as notícias realmente não são das melhores. Acabo de receber um bilhete de Sua Majestade. Ela pede aos senhores uma redução de 200.000 libras no preço total do colar e um adiamento de dois meses para quitar a primeira parcela. OS DOIS SE OLHAM ESTARRECIDOS.

BASSENGE – Não sei se entendi direito... Sua Majestade deseja um abatimento de 12,5%?

CARDEAL – Isso mesmo.

BASSENGE – Mas S. Majestade não assinou um contrato?

CARDEAL – Sua Majestade acha que este desconto justificaria a compra mais facilmente, perante os olhos d´El-Rei. Por isso é que até agora não usou o colar.

BASSENGE –Mas Sua Majestade assinou um contrato.

CARDEAL – Sua Majestade solicita a compreensão dos senhores.

BASSENGE – E nós solicitamos a compreensão de S. Majestade. Os juros ingleses que pagamos são cobrados por dia. Agora, retardar o pagamento da parcela de dois meses...

BOEHMER – Qual seria a alternativa, Eminência?

CARDEAL – A alternativa é S. Majestade devolver o colar.

BASSENGE – Pois eu aceito. Que Sua Majestade devolva o colar e pague a multa de 1,5%.

CARDEAL – É esta a decisão dos senhores?

BOEHMER – Calma. Nada de precipitações. Vossa Eminência se incomodaria se Bassenge e eu pudéssemos deliberar aí no escritório?

CARDEAL – Absolutamente. Fiquem à vontade.
O CARDEAL SE RETIRA. BOEHMER E BASSENGE FICAM A SÓS E OLHAM UM PARA O OUTRO.

B.O. NA BIBLIOTECA-ESCRITÓRIO, LUZES NUM CANTO DE SALA NO PALÁCIO DE VERSALHES.

CENA 16

EM CENA A RAINHA, TEM UM BILHETE NA MÃO, À SUA FRENTE MME. DÉRAIN.

MARIA ANTONIETA – Quem trouxe o bilhete?

MME. DÉRAIN – O sr. Boehmer. Insistiu muito em que eu entregasse com urgência e pessoalmente à V. Majestade. Disse que era uma resposta à solicitação de V. Majestade.

MARIA ANTONIETA (ESTRANHANDO) – À minha solicitação?

PÕE-SE A LER O BILHETE. OUVIMOS A VOZ DE BOEHMER.

VOZ DE BOEHMER

Madame,

Consideramo-nos imensamente felizes por acreditar que o novo acordo a nós proposto, e que aceitamos sem restrições, demonstra uma vez mais a submissão e a devoção com que obedecemos às ordens de V. Majestade. Imensa é também a nossa satisfação em saber que a partir de agora o mais belo colar do mundo adornará a maior e mais bela das rainhas.

Ass. Boehmer e Bassange.

MARIA ANTONIETA (PERPLEXA, OLHA PARA MME. DÉRAIN) – Você entendeu alguma coisa?

MME. DÉRAINS – Eu não entendi nada, Majestade.

MARIA ANTONIETA – Nem eu. Será que o sr. Boehmer ficou louco?

MME. DÉRAIN – Ele estava muito nervoso, mas não me pareceu louco.

MARIA ANTONIETA - Por favor, peça ao sr. Boehmer para explicar detalhadamente, por escrito, o que motivou este bilhete.

MME. DÉRAIN – Sim majestade. FAZ UMA MESURA.

B.O. NESTA CENA , LUZES RETORNAM NA SALETA DE JEANNE.

CENA 17

É DIA. JEANNE EM ROUPA DE VIAGEM, BOLSA A TIRACOLO, CERCADA DE MALAS VOLUMOSAS. PRESENTES IGUALMENTE NICOLAU E RÉTAUX.

JEANNE – Os joalheiros estão meditando sobre a proposta que lhes fez o sr. Cardeal. E demorando muito para decidir, o que não me agrada.

NICOLAU – A impressão que tenho é que um incêndio foi ateado e o melhor a fazer e nos batermos em retirada, enquanto é tempo.

JEANNE – Até que dessa vez você está dando provas de uma insuspeitada inteligência.

NICOLAU – Você deve estar bem aflita para chegar a me elogiar.

JEANNE – Bom. Eu viajo agora para a Bas-sur-Aube. Vou usufruir da residência que foi de meu tataravô, o rei Henrique II.

RÉTAUX – Não acha que a Inglaterra seria mais segura para você?

JEANNE – Para quê?... O cardeal não vai querer se envolver num escândalo. Pagará o que for preciso. Dinheiro não lhe falta.

NICOLAU – Nem dívidas.

RÉTAUX – Não sei não.

JEANNE (PARA RÉTAUX) - Você sim, é que não pode ser encontrado.

RÉTAUX – Conheço um lugar na Bélgica onde ninguém me achará.

NICOLAU – E eu? Devo ir aonde?

RÉTAUX (OLHANDO PARA ELE) – Peço a você prá não fazer esta pergunta uma segunda vez.

NICOLAU – Ôa. Tá mexendo comigo de novo.

JEANNE – Meus queridos... BEIJANDO-OS ... Não briguem... Adoro vocês... Se soubessem como sou feliz em Bas-sur-Aube, terra dos meus antepassados. E todo mundo me conhece e gosta de mim lá... Quando tudo se acalmar, vocês virão me visitar... Por favor, me ajudem com as malas.

E ENQUANTO RUMA PARA A PORTA DE SAÍDA, É SEGUIDA DE NICOLAU E RÉTAUX, CADA QUAL COM UMA MALA BEM PESADA.

B.O. NA SALETA, *SPOT* NO NARRADOR.

NARRADOR – Em 14 de agosto, S. Eminência recebeu uma convocação para apresentar-se, no dia seguinte, nos aposentos da rainha no Palácio de Versalhes. Por medida de precaução, Sua Eminência se fez acompanhar do abade Georgel.

B.O. NO NARRADOR E LUZES SOBEM NUMA SALA DOS APOSENTOS DA RAINHA.

CENA 18

MARIA ANTONIETA ESTÁ SOZINHA E UM POUCO AGITADA. ABANA-SE COM UM LEQUE E ANDA PELA SALA. ISSO DURA POUQUÍSSIMO TEMPO, PORQUE LOGO ENTRA UM LACAIO.

LACAIO – Majestade, está aí fora o sr. cardeal de Rohan.

MARIA ANTONIETA – Ótimo. O rei já chegou?

LACAIO – Ainda não.

MARIA ANTONIETA – Mande entrar o sr. cardeal.

NOTA: O IDEAL É QUE ESTA SALA SE ABRA PARA O PROSCÊNIO, POR ONDE VEMOS AS PESSOAS CHEGANDO ANTES DE ENTRAR NA SALA E SAIN-

DO E ANDANDO UM BOM ESPAÇO ANTES DE SUMIREM.

OUVIMOS O ANÚNCIO FORA DE CENA: "Sua Eminência, o sr. cardeal de Rohan, esmoler-mor do reino."

E SURGE O CARDEAL EM TODA A SUA POMPA CARDINALÍCIA. AO ENTRAR NA SALA FAZ UMA REVERÊNCIA PROFUNDA.

CARDEAL – Majestade.

MARIA ANTONIETA (COM UM CUMPRIMENTO BASTANTE SECO) – Fez bem em chegar mais cedo, Eminência, pois poderá mais depressa saciar minha curiosidade, Ou deverei dizer "minha irritação?"

CARDEAL – Eu também – embora um pouco machucado pela ausência – me sinto arrebatado pela felicidade de ter afinal este novo encontro, pelo qual tanto ansiava.

MARIA ANTONIETA – Novo encontro? Acho que não entendi bem.

CARDEAL – De todos os objetos de arte que possuo, nenhum desperta em mim emoção maior do que aquela rosa.

MARIA ANTONIETA – Que rosa?

CARDEAL – A rosa que recebi naquela noite maravilhosa.

MARIA ANTONIETA – Como?

CARDEAL – Aquela noite de verão... A noite mais feliz de minha vida.

MARIA ANTONIETA – Meu Deus, mas será contagioso isso? Primeiro é o Boehmer que enlouquece, agora é o cardeal?

CARDEAL – Não vos preocupeis com o colar, Majestade. Os joalheiros não irão processar V. Majestade. Eles tem mais a perder do que a ganhar com um processo desses.

MARIA ANTONIETA – Que processo?

CARDEAL – E se V. Majestade não quiser devolver o colar, não precisa. Tenho meios de conseguir dinheiro. Pelo menos uma parte dele. E sempre podemos aumentar o número de parcelas. O que acha disso?

MARIA ANTONIETA – Acho que o sr. está muito doido! Que o pouco juízo que lhe restava, evaporou-se!

VOZ (EM *OFF*) – Sua Majestade, El-Rei ! CLARINS. AS PORTAS SE ABREM DE PAR EM PAR. ENTRA O REI.

EL-REI – Ah, já está aí, Eminência?

CARDEAL (INCLINANDO-SE) – Tive a felicidade de chegar mais cedo.

EL-REI – E já adiantaram um pouco o expediente?

CARDEAL – Acho que sim.

EL-REI – Deseja continuar, Antonieta?

MARIA ANTONIETA – Prefiro que V. Majestade assuma.

EL-REI – Bem... SENTOU-SE E FEZ SINAL PARA OS OUTROS SE SENTAREM TAMBÉM. A RAINHA ASSISTE SILENCIOSA, MAS COM ESPANTO CRESCENTE.

EL-REI – Os senhores Boehmer e Bassenge afirmam que o sr. comprou o colar que a rainha recusou.

CARDEAL – É verdade.

EL-REI – Ótimo. Então o sr. admite isso.

CARDEAL – Claro que admito. Porque haveria de negá-lo?

EL-REI – E que esta compra teria sido feita por ordem da rainha.

CARDEAL – Isso mesmo.

EL-REI – A rainha, que não aceitou o colar como presente meu, recorreu a V. Eminência para comprar o colar.

CARDEAL – Certo.

EL-REI – A V. Eminência com quem não fala há oito anos.

CARDEAL – S. Majestade teve a bondade de perdoar-me.

EL-REI – A rainha perdoou o senhor?

CARDEAL – Sim, majestade. Aos poucos. Primeiro Sua Majestade fez sinais para mim, olhando-me diversas vezes, aqui mesmo em Versalhes.

MARIA ANTONIETA – Como?!

CARDEAL – E depois passou a achar que eu não era uma pessoa de todo má.

EL-REI – Você se lembra disso, Antonieta?

MARIA ANTONIETA – Não. Não me lembro de nada disso.

EL-REI – Sua Majestade não se lembra de nada disso.

CARDEAL – Então eu... Eu devo ter-me enganado.

EL-REI – Mas, por quê? Por acaso, o sr. recebeu uma notícia de que a rainha perdoou o sr.?

CARDEAL – Recebi. Quem me deu a notícia do perdão de S. Majestade foi a condessa de Valois.

EL-REI – A condessa de Valois? Quem é esta senhora?

CARDEAL – É uma amiga de S. Majestade.

MARIA ANTONIETA – Minha amiga?!

EL-REI – Você conhece a condessa?

MARIA ANTONIETA – Estive com ela uma única vez no gabinete de Mme. Dérain.

EL-REI – E onde poderíamos encontrar esta condessa, sr. Cardeal?

CARDEAL - Ela reside em Paris, mas parece que no momento se encontra viajando.

EL-REI – E o colar que os senhores Boehmer e Bassenge reclamam, onde está?

CARDEAL – Está com S. Majestade.

MARIA ANTONIETA – Comigo?!. Comigo?!...

CARDEAL – Eu entreguei o colar a V. Majestade. Não está lembrada?

MARIA ANTONIETA – A mim?! Mas o que é isso?! Peço que não procure contaminar-me com sua loucura. O sr. me deu em mãos o colar?!

CARDEAL – Não. Eu entreguei ao portador de V. Majestade, porque V. Majestade não pode comparecer pessoalmente.

MARIA ANTONIETA – Que portador?

CARDEAL – O nome dele não sei.

O REI TIRA AGORA DO BOLSO UM PAPEL DOBRADO. MOSTRA-O AO CARDEAL.

EL-REI – O sr. conhece isto?

CARDEAL (EXAMINANDO O PAPEL DESDOBRA-DO) – Conheço, claro. É o contrato de compra do colar por Sua Majestade com meu aval.

EL-REI – Onde vê nesse papel a assinatura da rainha?

CARDEAL – Aqui.

ERL-REI – Antonieta, você assinou este papel?

MARIA ANTONIETA (FOI OLHAR) – Claro que não.

EL-REI – Ela diz que não assinou.

CARDEAL (PERPLEXO) – Bem...

MARIA ANTONIETA – Será que ignora que jamais me assino Maria Antonieta de França, que só me assino Maria Antonieta da Áustria? Ou finge que ignora?

CARDEAL – Majestade, posso ter pecado por ingenuidade ou ignorância, jamais por má-fé.

MARIA ANTONIETA – E eu, terei pecado por má-fé por acaso?...Terei assinado com o nome errado para poder desmenti-lo depois?!

CARDEAL – Esta idéia jamais me ocorreu.

MARIA ANTONIETA – Boehmer afirma que V. Eminência recebia bilhetes de mim... Que se correspondia assiduamente comigo...

EL-REI – O quê?!

MARIA ANTONIETA – Onde estão estes bilhetes? Como eram assinados? O CARDEAL NÃO RESPONDE.

(PARA O REI) Corre o boato que ele teve um encontro comigo numa noite de verão, quando eu lhe teria entregue uma rosa, dizendo: "Você sabe o que isto quer dizer."

CARDEAL (ATERRADO) - Majestade!...

EL-REI – Que história é essa?!

MARIA ANTONIETA – Anda! Responda!

CARDEAL – V. Majestade está muito exaltada.

MARIA ANTONIETA – Claro que estou. Não consigo manter a calma vendo meu nome aviltado e a minha imagem enxovalhada como se eu fosse o que os panfletos dizem que sou.

CARDEAL – Jamais pensei na rainha senão com respeito imenso e profunda admiração.

MARIA ANTONIETA – Mesmo na noite mais feliz de sua vida?

EL-REI – Que noite é essa? O CARDEAL NÃO RESPONDE.

EL-REI – Ordeno-lhe que me responda: que noite é essa?!

CARDEAL – Uma noite de verão...

EL-REI – O que aconteceu nessa noite de verão?

CARDEAL – Eu recebi uma rosa.

EL-REI – De quem?

CARDEAL – De uma dama.

EL-REI – Como é o nome dessa dama?

CARDEAL – Não estou autorizado a revelar.

MARIA ANTONIETA – Está! Está! Eu autorizo! Revele o nome da dama!

CARDEAL – Majestade... não faça isso comigo.!

EL-REI – O quê?! Faça o favor de revelar o nome desta dama imediatamente!

CARDEAL – Jamais revelarei.

EL-REI – O sr. pensou que esta dama era a rainha?

CARDEAL – Eu não sei o que pensei.

EL-REI – Sabe perfeitamente. O sr. pensou que esta dama era a rainha!

CARDEAL – Eu não disse isso!

EL-REI - Como ousou pensar que a rainha se comportaria como uma...

CARDEAL - Eu não pensei isso!

EL-REI – Eu lhe ordeno que revele o que pensou!

CARDEAL - V. Majestade não pode obrigar-me a revelar meus pensamentos.

EL-REI – Posso!

CARDEAL – Não pode!

EL-REI – Posso! E começo por determinar o local em que irá pensá-los. ABRIU A PORTA. Ô da guarda! Chamem o capitão da guarda!...

ECO *(OFF)* – S. Majestade chama o capitão da guarda!...

CARDEAL – Peço a V. Majestade que em consideração à minha família trate este assunto com discrição.

EL-REI – Discrição?! Quando o sr. ousou pensar que estava tendo um encontro noturno com a rainha?!... Não terei consideração com isso nem como rei nem como marido! (PARA O CARDEAL) – Queira retirar-se!

O CARDEAL FAZ UMA PROFUNDA MESURA E COMEÇA A ANDAR PELO PROSCÊNIO AFORA.

EL-REI (ORDEM DADA EM VOZ BEM ALTA) - Prendam o sr. cardeal de Rohan!... E conduzam-no à Bastilha!...

ROHAN TEM UMA REAÇÃO. ESTACA, MAS NÃO OLHA PARA TRÁS. INICIA-SE UM RUFO DE TAMBORES. ROHAN DÁ DOIS PASSOS E ENCONTRA O ABADE NO PROSCÊNIO. ABAIXA-SE JUNTO DELE COMO QUEM VAI AMARRAR OS CORDÕES DO SAPATO E SUSSURRA AO ABADE:

CARDEAL – Queime todos os papéis da pasta rosa.

O RUFO SE ACENTUA FORTEMENTE. CARDEAL VOLTA A ANDAR E A LUZ VAI CAINDO SOBRE A CENA.

B.O.

CENA 19

SPOT NO NARRADOR.

NARRADOR – No mesmo dia, S. Eminência foi recolhido à Bastilha. E uma semana depois a condessa de Valois passou a ter o mesmo endereço.

B.O.

CENA 20

SPOT NO ESCRITÓRIO DO ABADE GEORGEL. ESTÁ LENDO UM BILHETE DO CARDEAL, COM A VOZ DO CARDEAL (EVENTUALMENTE O CARDEAL PODERIA APARECER EM *FLOU*, E NESTE CASO ELE MESMO DIRIA O TEXTO).

VOZ DO CARDEAL – Espero que tenha queimado tudo. Faço questão de proteger a rainha. Embora magoado com sua duplicidade ao negar o que houve entre nós, compreendo-a, admiro-a e farei tudo para não comprometê-la.

GEORGEL AGORA PÕE-SE A ESCREVER, REPETINDO EM VOZ ALTA.

ABADE GEORGEL – Ao ser interrogado, Sua Eminência declarou-se inocente de todas as acusações de impropriedade e improbidade que lhe foram assacadas. E declinou o convite d´El-Rei de se entregar à clemência de Sua Majestade, o que lhe garantiria ser solto sem julgamento. A meu ver, S. Eminência errou.

B.O. EM GEORGEL. *SPOT* NO NARRADOR.

NARRADOR – Ao ser interrogada, a condessa de Valois afirmou categoricamente:

JEANNE (*SPOT* NO SEU ROSTO. B.O. NO NARRADOR) - Jamais estive com a rainha, depois do encontro no gabinete de Mme. Dérain. Tudo que fiz foi obedecer às ordens de S. Eminência, o sr. cardeal de Rohan.

B.O. EM JEANNE, LUZES NO ESCRITÓRIO DO ABADE.

O ABADE LÊ UM BILHETE, REPRODUZIDO PELA VOZ DO CARDEAL (QUE PODE ESTAR EM *FLOU*)

VOZ DO CARDEAL – Jeanne é admirável. Nunca vi ninguém mentir tão bem. Eu quase acreditei quando disse que nunca viu nenhum bilhete da rainha. A queima dos bilhetes favoreceu a ela, não à S. Majestade. Mas ao negar qualquer contato com a rainha ela protegeu Maria Antonieta, o que me deixou muito contente.

ABADE (COMENTANDO PARA SI MESMO) – S. Eminência não tem jeito.

B.O. NO ABADE. *SPOT* NO NARRADOR.

NARRADOR – No início do processo a opinião pública era maciçamente contra o cardeal. Uma caricatura de Rohan, estendendo a mão para pedir esmola a damas elegantes, e uma legenda: – O esmoler-mor pede esmolas! – enquanto na outra mão, escondida atrás das costas, segura o colar, definia bem o que o público achava dele.

B.O. NO NARRADOR, LUZ NUM DETALHE DE UMA CELA NA BASTILHA. SENTADO NUM BANCO, O ABADE. ANDANDO A SEU LADO, PARA CIMA E PARA BAIXO, INQUIETO, O CARDEAL.

CARDEAL – A minha única defesa de ter me deixado usar assim é a verdade. E a verdade é que eu permiti que a condessa me enganasse. Mas para que acreditem nisso eu terei que provar na justiça que sou um idiota. E isto requer muita inteligência. Eu terei que usar de muita inteligência para provar que não tenho nenhuma.

ABADE – O sr. deveria ter aceitado a clemência real.

CARDEAL – Não aceitei porque sou inocente.

ABADE – Ser inocente jamais garantiu uma absolvição.

B.O. NA CELA. *SPOT* NO NARRADOR.

NARRADOR – Enquanto isso, os Rohans saíam em campo para salvar o mais ilustre membro da família. Mobilizaram Deus e todo o mundo: a facção antiaustríaca, a facção antimonárquica, a maçonaria e o Papa. E foram tão eficientes que o embaixador da Suécia, o conde Axel de Fersen, assim escreveu ao seu rei: ... *Começa a ganhar pé a teoria de que Maria Antonieta e o cardeal fingiam antagonizar-se para melhor esconder que eram muito amiguinhos e que a rainha é que fez o cardeal comprar o colar.*

B.O. NO NARRADOR.

CENA 21

LUZES SOBEM NUMA PARTE DA CELA DE JEANNE NA BASTILHA. JEANNE À MESA, ESCREVENDO. SOBRE A MESA, UM LAMPIÃO ACESO. AGORA SURGE UM VULTO. JEANNE ERGUE OS OLHOS E DÁ COM UM SENHOR SIMPÁTICO, UM TANTO RECHONCHUDO, QUE VEM COM UMA PASTA E ESTACA PRÓXIMO À MESA.

JEANNE – Quem é o sr.? Mais um de meus inquisidores?!

SENHOR – Deus me livre de uma função tão antipática. Sou seu advogado, sra. condessa. Mestre Doillot para servi-la.

JEANNE – Ué!.. Já posso ver meu advogado antes do fim dos interrogatórios?

M. DOILLOT – Com advogados velhos há uma certa tolerância. Permite?

JEANNE – Tenha a bondade. M. DOILLOT SENTA-SE À MESA. Estava escrevendo minha defesa.

MAITRE DOILLOT – E em que se baseia sua defesa?

JEANNE – Na verdade.

MAITRE DOILLOT – Hum. Poderia ler o que escreveu?

JEANNE (LENDO) – Sou tetraneta de reis. Pertenço a uma família que ficou por mais tempo no trono de França que os Bourbons. Tenho direitos que nunca foram reconhecidos. A minha luta é para que sejam.

MAÎTRE DOILLOT – Bem redigido. Mas como defesa é um desastre.

JEANNE – Por quê?

MAÎTRE DOILLOT – Madame, o Parlamento, que vai julgar este caso, é um órgão político, sensível à opinião pública, e que ouve a voz das ruas. Sabia que sua defesa será publicada em forma de livrinho e se agradar a sra. ganhará um dinheirão?

JEANNE – Então a minha defesa terá que ser um folhetim popular? É isso?

MAÎTRE DOILLOT – Terá que ser um conjunto de argumentos legais, banhados num saboroso molho de sofrimentos, tormentos, humilhações, muitas lágrimas, ternura e paixão.

JEANNE – É a justiça que exige isso?

MAÎTRE DOILLOT – A justiça não tem muito a ver com a sentença, mme. Se não comover o povo, não comoverá o Parlamento; e se não comover o Parlamento a sra. perderá a causa. TINHA TIRADO DA PASTA UM CADERNO. Acertemos alguns ponteiros. A sra. negará qualquer contato com a rainha.

JEANNE – É o que venho fazendo.

MAÎTRE DOILLOT – A sra. negará que recebeu o colar.

JEANNE – Mesmo porque é verdade. Quem recebeu o colar foi o Rétaux.

MAÎTRE DOILLOT – Quem é Rétaux?

JEANNE – Alguém que trabalha para mim.

MAÎTRE DOILOT – Onde está?

JEANNE – Escondido.

MAÎTRE DOILLOT – Deve continuar escondido.

JEANNE – E se for achado?

MAÎTRE DOILLOT – Reze para que não seja. Quem fez o papel de rainha naquela noite?

JEANNE – Como sabe disso?

MAÎTRE DOILLOT – Não sabia. A sra. acaba de confirmar. Cuidado com os inquiridores. São quase tão espertos quanto eu. Quem foi?

JEANNE – Uma jovem chamada Alexandrina ou baronesa Oliva.

MAÎTRE DOILLOT – Onde está?

JEANNE – Escondida.

MAÎTRE DOILLOT - Esta não deve ser achada mesmo.

JEANNE – E se for?

MAÎTRE DOILLOT – Estamos fritos. LEVANTOU-SE. E não se esqueça: a sra. sempre se submeteu ao cardeal. Em tudo.

JEANNE – É o que venho dizendo desde o início.

MAÎTRE DOILLOT – Bravos! E ânimo! A sra. não se sairá mal.

JEANNE – Gostei do sr., Maître Doillot.

MAÎTRE DOILLOT (COM UMA MESURA) – Foi sempre o meu grande objetivo na vida: agradar às damas.. RUMA PARA A SAÍDA.

B.O.

CENA 22

UMA SALA EM VERSALHES. EM CENA: MARIA ANTONIETA E O REI.

MARIA ANTONIETA (AGITADA) – Estou com muito medo, Luís. Tendo pressentimentos horríveis: quanto mais loucas as histórias, mais as pessoas acreditam nelas. Juram que me encontrei com Rohan no Bosque de Vênus.

EL-REI (ABRAÇANDO-A) – Querida, Breteuil já decifrou este mistério. Quem lá esteve com o cardeal foi uma prostitutazinha chamada baronesa Oliva.

MARIA ANTONIETA (DANDO UMA RISADA) – Como? A rosa que o cardeal venera foi presente duma meretriz?

EL-REI – Antonieta, Sua Eminência nunca foi muito certo da bola.

MARIA ANTONIETA – Tão incerto ele não é, já que conseguiu roubar um colar de 1.600.000 libras.

EL-REI – O tal Rétaux, que foi preso anteontem, garante que o colar foi entregue à condessa de Valois.

MARIA ANTONIETA – E a condessa jura que passou o colar ao cardeal. A gente já não sabe quem mente mais.

EL-REI – O fato claro e incontestável é que você não teve nada com essa história toda.

MARIA ANTONIETA – O fato claro e incontestável não interessa a ninguém. Interessa o que as pessoas acreditam. E se acreditarem que eu mandei o cardeal comprar o colar absolverão o cardeal e me condenarão.

EL-REI – Você não está sendo julgada.

MARIA ANTONIETA – Mas não, hein?! E pelo pior dos juízes: a opinião pública.

ENTROU UM LACAIO, PORTANDO UMA BANDEJA COM UMA CARTA. A UM SINAL DO REI SE APROXIMA, O REI RECOLHE A CARTA, O LACAIO CUMPRIMENTA, RETIRA-SE, ENQUANTO ISSO O REI ABRIU E LEU A CARTA.

EL-REI (FELIZ DA VIDA) – Ora viva! Enfim uma notícia auspiciosa. Acharam a baronesa Oliva. Agora vamos saber a verdade! ABRAÇAM-SE FELIZES. ELE MAIS QUE ELA.

B.O. NA SALA EM VERSALHES. *SPOT* NO NARRADOR.

NARRADOR – No dia 22 de maio de 1785 os 64 membros do Parlamento reuniram-se no Grande Salão do Palácio da Justiça para avaliar os depoimentos e examinar as provas. As sentenças serão dadas em nove dias.

CENA 22

B.O. NO NARRADOR, LUZ NA CELA DE JEANNE. MAÎTRE DOILLOT VEM CHEGANDO, APRESSADO.

MAÎTRE DOILLOT – Tenho uma notícia boa e outra menos boa.

JEANNE – Qual é a notícia boa?

MAÎTRE – Que até agora a sra. vendeu mais exemplares de sua defesa que todas as outras juntas. A sra. vai ganhar muito dinheiro.

JEANNE – E qual é a notícia menos boa?

MAÎTRE – Que a sra. deve ser condenada.

JEANNE - O quê?!

MAÎTRE DOILLOT – Eu acho.

JEANNE – Mas como?! O sr. vem aqui para me dizer uma barbaridade dessas?! Mas, então, a sua defesa foi uma porcaria!

MAÎTRE DOILLOT – É justa a revolta, injusto o impropério. Minha defesa foi excelente. Com sorte a sra. talvez possa até ser absolvida, mas não será fácil.

JEANNE – Por quê?

MAÎTRE DOILLOT – Porque este julgamento é político, como disse. Os Rohans devem ter maioria.

O cardeal provavelmente será absolvido. Sobra a sra. como principal culpada.

JEANNE – O que farão comigo?

MAÎTRE DOILLOT – Impossível prever. Mas uma certeza eu tenho: a sra. se sairá bem.

JEANNE – Como sabe?

MAÎTRE DOILLOT – 40 anos de foro, minha sra. A sra. vai se sair bem. Muito melhor que alguns outros.

JEANNE – Que outros?

MAÎTRE DOILLOT – A rainha. E a monarquia. Rezemos para que tão cedo não haja um ano de colheitas ruins ou de alguma calamidade pública mais grave. OLHOU O RELÓGIO. Adeus, condessa. Tive muito gosto em tê-la como cliente.

JEANNE – Muito obrigada. BEIJA A MÃO DELE.

MAÎTRE DOILLOT – Não faça isso, condessa... Sou velho, mas não estou morto. E a sra. é uma condessa muito engraçadinha.

JEANNE SORRI, MAÎTRE DOILLOT SE ENCAMINHA PARA A SAÍDA.

MAÎTRE DOILLOT – Uma sugestão... Se puder... E se quiser... Ajude um pouco os joalheiros... Eles vão precisar...

JEANNE (COM UM SORRISO) – Se estiver em condições de pensar neles, ajudarei.

MAÎTRE DOILLOT SAÚDA JEANNE.

B.O.

CENA 23

SPOT NO NARRADOR.

NARRADOR – No dia 31 de maio de 1785, o Parlamento, em votação solene, definiu sentenças e atribuiu culpas. Eis as sentenças e os destinos dos sentenciados.

LUZES SOBEM NO PALCO E VÃO ENTRANDO OS PERSONAGENS, UM DE CADA VEZ. DEPOIS DE CADA DEPOIMENTO, O DEPOENTE SE AFASTA E CEDE LUGAR AO PRÓXIMO. SURGE EM PRIMEIRO LUGAR, ELEGANTE E LÉPIDO, RÉTAUX DE VILETTE, ADIANTA-SE ATÉ A BEIRA DO PROSCÊNIO, INCLINA-SE...

RÉTAUX – Eu fui condenado ao exílio. Saí da França e fui morar na Suíça, onde me encontro escrevendo minhas memórias. E praticando o violino assiduamente.

AFASTA-SE, DEIXA PASSAR ALEXANDRINA, QUE VAI ATÉ O PROSCÊNIO, E SE INCLINA:

ALEXANDRINA – Eu fui absolvida de tudo, graças a Deus. Vivo com meu namorado, o sr. de Beausire, que prometeu legalizar nossa união até o fim do ano. Só não disse que ano.

ALEXANDRINA É A ÚNICA QUE SAIRÁ DE CENA. SURGE NICOLAU. MESMO RITUAL.

NICOLAU – Eu não fui julgado porque não fui achado. Estou sumido até hoje. Por favor, não revelem que me viram aqui.

NICOLAU SE AFASTA, SURGE O CONDE CAGLIOSTRO.

CONDE CAGLIOSTRO – Também fui parar na Bastilha, acusado, julgado... E absolvido. Ao defenderme no tribunal, protestei com certa veemência contra o poder absoluto do rei. E isto, de repente, me tornou muito popular. A multidão carregoume em triunfo quando fui solto, e dançou e cantou na minha rua até a madrugada. Naquela noite, o barulho mais a felicidade não nos deixaram dormir. Até hoje, lembro-me de Paris com saudades daquela juventude, daquela alegria, daquela vida vivida como se fosse uma festa.

O CONDE CAGLIOSTRO SE AFASTA, ENTRA JEANNE.

JEANNE – Eu fui açoitada e marcada a ferro em brasa no ombro e condenada a cumprir uma sentença de prisão perpétua na Salpetrière. O que eu xinguei, o que eu maldisse o desgraçado Maître Doillot não pode ser reproduzido aqui. E aí, de repente, passei a ser visitada pelas sras. da mais alta nobreza. Filas de carruagens de luxo, repletas de pessoas que desejavam me consolar e a orar por mim, formavam-se na frente da prisão. Soube depois que, graças à duquesa de Orléans, levantou-se uma onda de indignação e revolta, que me transformou numa espécie de mártir – vítima da tirania real. Após algum tempo na cadeia, fui ajudada a fugir e me encontro em Londres, onde escrevo panfletos contra a monarquia absoluta. Minha defesa vai ser publicada em inglês e meus editores estão muito animados.

AFASTA-SE E DEIXA PASSAR O REI LUÍS XVI.

LUÍS XVI – O que mais me indigna é a burrice da aristocracia e do clero. Apóiam um imbecil, que confunde rainha com puta e na sua guerra insana contra a monarquia não percebem que cairão com ela. Quem *Deus vult perdere, prius dementat*. A primeira coisa que os deuses fazem quando querem destruir alguém é tirar o juízo do desgraçado.

Meu avô costumava dizer: *Depois de mim, o dilúvio*. Eu achava muita graça nisso até descobrir o que ele me deixou: o dilúvio de herança.

AFASTA-SE E DEIXA PASSAR MARIA ANTONIETA.

MARIA ANTONIETA – Chorei muito ao saber da sentença que absolveu o cardeal e do comentário do inteligentíssimo Mirabeau: *A absolvição do Cardeal é a condenação da rainha.* Mas como Deus é muito bom, poucos dias depois me fez descobrir que eu estava grávida da minha segunda filha: Sofia Helena.

AFASTA-SE DEIXA PASSAR O CARDEAL.

CARDEAL – A maioria dos juízes me achou um idiota e me absolveu. Já El-Rei achou que de idiota eu não tinha nada: me demitiu do cargo de esmoler-mor e me isolou no monastério de La Chaise. Mas a revolução decidiu que eu tinha ajudado a desmoralizar a coroa, me libertou e me prestigiou. E eu mesmo acabei me considerando bastante inteligente: dois dias antes da revolução encampar as propriedades da Igreja e encaminhar para a guilhotina meus mais importantes colegas de ofício, eu consegui fugir. Abriguei-me na Áustria, onde possuo uma propriedade e onde, graças ao bom Deus e à excelente administração do abade Georgel, eu levo uma vida ótima. Tenho um só problema que não sei como resolver e que me envergonho de confessar: estou engordando.

AFASTA-SE DEIXA PASSAR BOEHMER E BASSENGE.

BOEHMER – O colar nunca foi achado.

BASSENGE – O cardeal concordou em nos indenizar por meio de parcelas trimestrais. Infelizmente, logo logo a revolução encampou os bens da Igreja. A partir daí não recebemos mais nada.

BOEHMER – Bassenge e eu falimos.

BASSENGE - E estamos procurando emprego. Quem souber de algum trabalho para dois joalheiros experientes, por favor, entre em contato com a gente.

BOEHMER - Muito obrigado.

NARRADOR – E aqui não termina O Colar da Rainha. Até o séc. XX rolava na justiça francesa um processo dos descendentes dos joalheiros contra os descendentes de Rohan. Continuará pelo séc. XXI?

Boa noite.

FIM

Discurso de agradecimento ao Prêmio Shell pelo conjunto da obra

Proferido em 14/03/05

Uma jornalista da Bahia me telefonou hoje para me entrevistar e, entre outras perguntas, fez a seguinte: *Para que serve o teatro?* Fiquei um tanto embatucado, e acabei respondendo com outra pergunta: *Para que serve a nona sinfonia de Beethoven?* Aí, quem embatucou foi ela. Tentei ajudá-la, e fui pensando alto: *Veja, para colher arroz, não serve; também não conseguirá reduzir a carga tributária, nem aliviar qualquer exigência do Detran.* Era o caso de perguntar: *Mas, então, para que é que o Beethoven escreveu aquele negócio?!*

Em favor de Beethoven, confesso que não consegui achar muitos argumentos. O fato de sua obra ter me comovido e emocionado enormemente, pouco vale no terreno das coisas práticas. Já quanto ao teatro, acredito ter encontrado alguns argumentos dignos de nota.

É a única arte que usa a figura humana ao vivo como meio de expressão diante de uma platéia. O cinema não precisa de platéia para ser apreciado, nem a TV, nem o rádio, muito menos, o livro.

Já o teatro, sem platéia, não existe. A platéia se identifica e se envolve com a tal figura (o ator), vive com ela a história passada em cena, partilha com ela tudo que sofre e aprende com ela tudo que a história propõe.

Na verdade, o teatro não conta apenas uma história, celebra, também, uma espécie de ritual de congraçamento, cômico ou trágico, que, ao mesmo tempo, encanta, educa e civiliza o espectador.

Nisto, o teatro está só. Nenhuma outra arte realiza isto. Talvez, o canto, que não deixa de ser uma forma de teatro. É por isso que o teatro floresce nos países civilizados, e, na França, seu estudo faz parte do currículo escolar.

O teatro pode não concorrer com o cinema ou com a TV no entretenimento das grandes massas, porém, nada perdeu de sua força como veículo de educação e cultura.

No Brasil, o aproveitamento do teatro ainda está engatinhando. Quando um político vai ao teatro, é notícia de jornal. O José Serra foi ver a Marília – deu no Ancelmo Góis com foto.

É preciso acordar os governos, aumentar as verbas, tornar muito mais atraente e muito menos burocratizado o patrocínio, utilizar amplamente o teatro na educação, criar novas oportunidades de divulgar, ensinar e fazer teatro. Mas, isto é assunto para um outro Prêmio Shell.

Quanto a isso, cabe-me parabenizar este derradeiro e valente reduto da premiação teatral. A cerimônia de hoje (a décima sétima, se estou bem informado) prova uma vez mais quão civilizados são os dirigentes desta enorme empresa. Talvez, eles mesmos não saibam quão importante é seu prêmio, e quão mais importante ainda é o seu exemplo. Capaz, quem sabe, de reanimar, um dia, outras entidades públicas e privadas que costumavam premiar o teatro e que se tornaram extremamente anêmicas com a idade.

Agradeço aos gentis jurados a escolha do meu nome. Fez-me um bem danado esta homenagem. Meu cardiologista está recomendando o Prêmio Shell para muitos de seus clientes.

Agradeço ao Bemvindo e à Cristina o carinho, à atriz Margot Mello o apoio que me tem dado nesta crise que provoca um prêmio em pessoas de auto-estima relativamente baixa.

Desejo partilhar esta homenagem com os elencos de *Ladrão em Noite de Chuva* e *Um Aposentado Adolescente*, peças que dirigi este ano e com seus produtores – já notaram que nunca se diz o nome do produtor? – Hélio Zacchi e Agnes Xavier; mais o produtor executivo Edmundo Lippi; com o fabuloso Paulo Graça Couto, mistura de humorista e produtor; com o genial Millôr Fernandes; e desejo dedicar este prêmio a um amigo, a quem eu escolho para representar todo o prazer e toda a alegria que o teatro me tem proporcionado.

Este amigo está doente, mas se Deus quiser, em breve, estará incandescendo de novo os palcos onde sempre brilhou. Obrigado, Jorge Dória.

Outros Prêmios de Bethencourt

Concurso de peças do Teatro de Estudante com a peça *Os Coerentes*

Concurso de peças do Serviço Nacional de Teatro com a comédia *Dois Fragas e um Destino*

Concurso de contos de *O Correio da Manhã*

Concurso de Contos de Natal da revista *AABB*

Prêmio de Literatura Infantil do Departamento de Cultura da Guanabara

Prêmio de Revelação de Diretor da Associação Brasileira de Críticos Teatrais pela direção de *Nossa Cidade*

Prêmio de Melhor Diretor pelo Círculo de Críticos, direção de *Um Elefante no Caos*

Menção honrosa no Concurso Estudantil da editora Samuel French

Concurso de Dramaturgia Fundacen pelo texto *O Padre Assaltante*

Índice

Créditos das fotografias

Carlos-Rio 70, 119, 122, 160

Chico Lima 144, 147

Corrêa dos Santos 73

De Youngs´ 33

Richard Sasso 96, 97, 107, 108, 169

Sandra Lousada 69

Coleção Aplauso

Série Cinema Brasil

Alain Fresnot – Um Cineasta sem Alma
Alain Fresnot

Anselmo Duarte – O Homem da Palma de Ouro
Luiz Carlos Merten

Ary Fernandes – Sua Fascinante História
Antônio Leão da Silva Neto

Bens Confiscados
Roteiro comentado pelos seus autores Daniel Chaia e Carlos Reichenbach

Braz Chediak – Fragmentos de uma Vida
Sérgio Rodrigo Reis

Cabra-Cega
Roteiro de Di Moretti, comentado por Toni Venturi e Ricardo Kauffman

O Caçador de Diamantes
Roteiro de Vittorio Capellaro, comentado por Máximo Barro

Carlos Coimbra – Um Homem Raro
Luiz Carlos Merten

Carlos Reichenbach – O Cinema Como Razão de Viver
Marcelo Lyra

A Cartomante
Roteiro comentado por seu autor Wagner de Assis

Casa de Meninas
Romance original e roteiro de Inácio Araújo

O Caso dos Irmãos Naves
Roteiro de Jean-Claude Bernardet e Luis Sérgio Person

Como Fazer um Filme de Amor
Roteiro escrito e comentado por Luiz Moura e José Roberto Torero

Críticas de Edmar Pereira – Razão e Sensibilidade
Org. Luiz Carlos Merten

Críticas de Jairo Ferreira – Críticas de invenção: Os Anos do São Paulo Shimbun
Org. Alessandro Gamo

Críticas de Luiz Geraldo de Miranda Leão – Analisando Cinema: Críticas de LG
Org. Aurora Miranda Leão

Críticas de Ruben Biáfora – A Coragem de Ser
Org. Carlos M. Motta e José Júlio Spiewak

De Passagem
Roteiro de Cláudio Yosida e Direção de Ricardo Elias

Desmundo
Roteiro de Alain Fresnot, Anna Muylaert e Sabina Anzuategui

Djalma Limongi Batista – Livre Pensador
Marcel Nadale

Dogma Feijoada: O Cinema Negro Brasileiro
Jeferson De

Dois Córregos
Roteiro de Carlos Reichenbach

A Dona da História
Roteiro de João Falcão, João Emanuel Carneiro e Daniel Filho

Fernando Meirelles – Biografia Prematura
Maria do Rosário Caetano

Fome de Bola – Cinema e Futebol no Brasil
Luiz Zanin Oricchio

Guilherme de Almeida Prado – Um Cineasta Cinéfilo
Luiz Zanin Oricchio

Helvécio Ratton – O Cinema Além das Montanhas
Pablo Villaça

O Homem que Virou Suco
Roteiro de João Batista de Andrade, organização de Ariane Abdallah e Newton Cannito

João Batista de Andrade – Alguma Solidão e Muitas Histórias
Maria do Rosário Caetano

Jorge Bodanzky – O Homem com a Câmera
Carlos Alberto Mattos

José Carlos Burle – Drama na Chanchada
Máximo Barro

Luiz Carlos Lacerda – Prazer & Cinema
Alfredo Sternheim

Maurice Capovilla – A Imagem Crítica
Carlos Alberto Mattos

Narradores de Javé
Roteiro de Eliane Caffé e Luís Alberto de Abreu

Pedro Jorge de Castro – O Calor da Tela
Rogério Menezes

Ricardo Pinto e Silva – Rir ou Chorar
Rodrigo Capella

Rodolfo Nanni – Um Realizador Persistente
Neusa Barbosa

Ugo Giorgetti – O Sonho Intacto
Rosane Pavam

Viva-Voz
Roteiro de Márcio Alemão

Zuzu Angel
Roteiro de Marcos Bernstein e Sergio Rezende

Série Crônicas

Crônicas de Maria Lúcia Dahl – O Quebra-cabeças
Maria Lúcia Dahl

Série Cinema

Bastidores – Um Outro Lado do Cinema
Elaine Guerini

Série Ciência & Tecnologia

Cinema Digital – Um Novo Começo?
Luiz Gonzaga Assis de Luca

Série Teatro Brasil

Alcides Nogueira – Alma de Cetim
Tuna Dwek

Antenor Pimenta – Circo e Poesia
Danielle Pimenta

Cia de Teatro Os Satyros – Um Palco Visceral
Alberto Guzik

Críticas de Clóvis Garcia – A Crítica Como Ofício
Org. Carmelinda Guimarães

Críticas de Maria Lucia Candeias – Duas Tábuas e Uma Paixão
Org. José Simões de Almeida Júnior

Leilah Assumpção – A Consciência da Mulher
Eliana Pace

Luís Alberto de Abreu – Até a Última Sílaba
Adélia Nicolete

Maurice Vaneau – Artista Múltiplo
Leila Corrêa

Renata Palottini – Cumprimenta e Pede Passagem
Rita Ribeiro Guimarães

Teatro Brasileiro de Comédia – Eu Vivi o TBC
Nydia Licia

O Teatro de Alcides Nogueira – Trilogia: Ópera Joyce – Gertrude Stein, Alice Toklas & Pablo Picasso – Pólvora e Poesia
Alcides Nogueira

O Teatro de Ivam Cabral – Quatro textos para um teatro veloz: Faz de Conta que tem Sol lá Fora – Os Cantos de Maldoror – De Profundis – A Herança do Teatro
Ivam Cabral

O Teatro de Noemi Marinho: Fulaninha e Dona Coisa, Homeless, Cor de Chá, Plantonista Vilma
Noemi Marinho

Teatro de Revista em São Paulo – De Pernas para o Ar
Neyde Veneziano

O Teatro de Samir Yazbek: A Entrevista – O Fingidor – A Terra Prometida
Samir Yazbek

Teresa Aguiar e o Grupo Rotunda – Quatro Décadas em Cena
Ariane Porto

Série Perfil

Aracy Balabanian – Nunca Fui Anjo
Tania Carvalho

Ary Fontoura – Entre Rios e Janeiros
Rogério Menezes

Bete Mendes – O Cão e a Rosa
Rogério Menezes

Betty Faria – Rebelde por Natureza
Tania Carvalho

Carla Camurati – Luz Natural
Carlos Alberto Mattos

Cleyde Yaconis – Dama Discreta
Vilmar Ledesma

David Cardoso – Persistência e Paixão
Alfredo Sternheim

Emiliano Queiroz – Na Sobremesa da Vida
Maria Leticia

Etty Fraser – Virada Pra Lua
Vilmar Ledesma

Gianfrancesco Guarnieri – Um Grito Solto no Ar
Sérgio Roveri

Glauco Mirko Laurelli – Um Artesão do Cinema
Maria Angela de Jesus

Ilka Soares – A Bela da Tela
Wagner de Assis

Irene Ravache – Caçadora de Emoções
Tania Carvalho

Irene Stefania – Arte e Psicoterapia
Germano Pereira

John Herbert – Um Gentleman no Palco e na Vida
Neusa Barbosa

José Dumont – Do Cordel às Telas
Klecius Henrique

Leonardo Villar – Garra e Paixão
Nydia Licia

Lília Cabral – Descobrindo Lília Cabral
Analu Ribeiro

Marcos Caruso – Um Obstinado
Eliana Rocha

Maria Adelaide Amaral – A Emoção Libertária
Tuna Dwek

Marisa Prado – A Estrela, O Mistério
Luiz Carlos Lisboa

Miriam Mehler – Sensibilidade e Paixão
Vilmar Ledesma

Nicette Bruno e Paulo Goulart – Tudo em Família
Elaine Guerrini

Niza de Castro Tank – Niza, Apesar das Outras
Sara Lopes

Paulo Betti – Na Carreira de um Sonhador
Teté Ribeiro

Paulo José – Memórias Substantivas
Tania Carvalho

Pedro Paulo Rangel – O Samba e o Fado
Tania Carvalho

Reginaldo Faria – O Solo de Um Inquieto
Wagner de Assis

Renata Fronzi – Chorar de Rir
Wagner de Assis

Renato Consorte – Contestador por Índole
Eliana Pace

Rolando Boldrin – Palco Brasil
Ieda de Abreu

Rosamaria Murtinho – Simples Magia
Tania Carvalho

Rubens de Falco – Um Internacional Ator Brasileiro
Nydia Licia

Ruth de Souza – Estrela Negra
Maria Ângela de Jesus

Sérgio Hingst – Um Ator de Cinema
Máximo Barro

Sérgio Viotti – O Cavalheiro das Artes
Nilu Lebert

Silvio de Abreu – Um Homem de Sorte
Vilmar Ledesma

Sonia Oiticica – Uma Atriz Rodrigueana?
Maria Thereza Vargas

Suely Franco – A Alegria de Representar
Alfredo Sternheim

Tatiana Belinky – ... E Quem Quiser Que Conte Outra
Sérgio Roveri

Tony Ramos – No Tempo da Delicadeza
Tania Carvalho

Vera Holtz – O Gosto da Vera
Analu Ribeiro

Walderez de Barros – Voz e Silêncios
Rogério Menezes

Zezé Motta – Muito Prazer
Rodrigo Murat

Especial

Agildo Ribeiro – O Capitão do Riso
Wagner de Assis

Carlos Zara – Paixão em Quatro Atos
Tania Carvalho

Cinema da Boca – Dicionário de Diretores
Alfredo Sternheim

Dina Sfat – Retratos de uma Guerreira
Antonio Gilberto

Eva Todor – O Teatro de Minha Vida
Maria Angela de Jesus

Eva Wilma – Arte e Vida
Edla van Steen

Gloria in Excelsior – Ascensão, Apogeu e Queda do Maior Sucesso da Televisão Brasileira
Álvaro Moya

Lembranças de Hollywood
Dulce Damasceno de Britto, organizado por Alfredo Sternheim

Maria Della Costa – Seu Teatro, Sua Vida
Warde Marx

Ney Latorraca – Uma Celebração
Tania Carvalho

Raul Cortez – Sem Medo de se Expor
Nydia Licia

Sérgio Cardoso – Imagens de Sua Arte
Nydia Licia

Formato: 12 x 18 cm

Tipologia: Frutiger

Papel miolo: Offset LD 90g/m^2

Papel capa: Triplex 250 g/m^2

Número de páginas: 336

Tiragem: 1.500

Editoração, CTP, impressão e acabamento:
Imprensa Oficial do Estado de São Paulo

Dados Internacionais de Catalogação na Publicação
Biblioteca da Imprensa Oficial

Murat, Rodrigo
João Bethencourt : o locatário da comédia / Rodrigo Murat - São Paulo : Imprensa Oficial do Estado de São Paulo, 2007.
336p. :il. – (Coleção aplauso. Série teatro Brasil / coordenador geral Rubens Ewald Filho)

ISBN 978-85-7060-447-7 (Imprensa Oficial)

1. Dramaturgos brasileiros 2. Teatro brasileiro (Comédia) 3. Bethencourt, João, 1924- .I. Ewald Filho, Rubens. II.Título. III. Série.

CDD – 792.092 81

Índices para catálogo sistemático:
Brasil : Teatro : Biografias 792.092 81

Foi feito o depósito legal na Biblioteca Nacional
(Lei nº 10.994, de 14/12/2004)

Imprensa Oficial do Estado de São Paulo
Rua da Mooca, 1921 Mooca
03103-902 São Paulo SP
www.imprensaoficial.com.br/livraria
livros@imprensaoficial.com.br
Grande São Paulo SAC 11 5013 5108 I 5109
Demais localidades 0800 0123 401